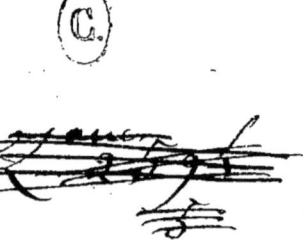

LE POUR
ET CONTRE
DE LA POSSESSION
DES FILLES
DE LA PARROISSE DE LANDES,

DIOCE'SE DE BAYEUX.

Omnia probate: quod bonum est tenete. S. Paul
1ª. ad Thess. c. 5. ℣. 21.

A ANTIOCHE,
Chez les Héritiers de la bonne foy,
A la Vérité.

M. DCC. XXXVIII.

AVIS
DE L'IMPRIMEUR.

L'EMPRESSEMENT que quantité de personnes ont témoigné d'avoir les differens Mémoires qu'on a publiés pour & contre la Possession de Landes, m'a engagé à donner au Public un Recüeil complet de ces differentes Piéces. Mr. de L. aura la satisfaction d'y voir en tête un Ouvrage qu'il ne desavoüera pas, & que sa rareté faisoit soûhaiter. Je me flatte qu'on y verra aussi avec plaisir une Réponse solide, dont on s'est crû obligé de faire une troisiéme Edition considerablement augmentée ; les deux premieres ayant été enlevées très rapidement. On ne dira rien du mérite de

á 2

la Lettre qu'on vient de publier pour la refuter, & que l'on a crû devoir y joindre avec quelques Réflexions précedées de Remarques générales. Le Public sçaura assez à quoi s'en tenir, sans qu'il soit nécessaire de prévenir son Jugement.

Si dans la suite les Partisans de la Possession s'avisent de donner quelqu'Ouvrage pour sa deffense, on ne manquera pas d'en faire part au Public dans la même forme que le present Recüeil.

MEMOIRE

MEMOIRE
JUSTIFICATIF

DE LA POSSESSION DE huit perſonnes de la Parroiſſe de Landes, Diocèſe de Bayeux.

ON n'a pas vû depuis long-tems une afflic-tion plus grande & plus digne de com-paſſion, que celle dont pluſieurs familles de la Paroiſſe de Landes, Diocèſe de Ba-yeux, & ſurtout celle de M. de Leaupar-tie, Seigneur de ce lieu, ſe trouvent ac-cablées depuis près de trois ans. Pour peu qu'on ait vû cet horrible ſpectacle, & qu'on ait encore quelques ſentimens d'humanité, on ne ſçauroit y penſer ſans frémir d'hor-reur & être touché juſqu'aux larmes. On oſe même avancer que quelques expreſſions qu'on pût employer pour en donner une idée, elles ne pourroient repreſenter qu'im-parfaitement tout ce que l'on y voit, & ce que l'on y entend. Huit perſonnes, dont il y en a trois Demoiſelles & filles de ce

A

Seigneur, font attaquées de fâcheux accidens, qui après l'inutilité des fecours de la
Medecine, furent jugés extraordinaires &
furnaturels par quelques Ecclefiaftiques
éclairés & prudens. Cela engagea M. de
Leaupartie à avoir recours à M. de Bayeux,
fon Évêque, à qui il appartenoit dans ces
circonftances de juger de leur état, pour
en obtenir les prieres de l'Eglife & les Exorcifmes, en cas qu'il demeurât conftant que
ce fût une opération du Démon. Sur la Re-
quête de M. de Leaupartie, ce Prélat fait
examiner les affligées par quatre differentes
fois, & pendant des tems très confiderables, par vingt Curés, Théologiens & autres Ecclefiaftiques fucceffivement, des plus
capables de fon Diocèfe, & même de Paris, avec quatre Médecins. Pour ne rien
négliger dans une affaire de cette importan-
ce, ce Prélat fe donne la peine de les examiner lui même avec fes grands Vicaires,
par quatre autres differentes fois. Mais
malgré la Déclaration que ces Commiffaires Ecclefiaftiques, fur tout les derniers,
lui ont faite, que l'état des affligées étoit
une vraye poffeffion du Démon, & les preuves inconteftables qu'ils lui en ont produites ; nonobftant même tout ce que
ce Prélat en a vû de fes propres yeux de

plus convaincant , ses propres Lettres , les aveux qu'il a faits à plusieurs personnes Ecclesiastiques & de condition , de la réalité de cette possession , & les Exorcismes expulsifs qu'il a fait faire long-tems en conséquence , où deux autres personnes trouverent leur délivrance , & plusieurs de celles-ci beaucoup de soulagement ; ce n'est plus aujourd'hui , selon lui , qu'une imagination blessée par des discours de possession que le Curé de Landes en aura tenu, dit-il , à ces Affligées. Ce Prélat a même porté les choses beaucoup plus loin : il refuse non seulement de faire continuer les Exorcismes sur ces Affligées , & de leur permettre la Sainte Communion , mais il a encore fait éxiler le Curé.

C'est donc pour sçavoir à quoi s'en tenir dans une affaire de pareille conséquence , que M. de Leaupartie s'est déterminé à consulter M M. les Docteurs de Sorbonne & de Médecine de Paris sur ce déplorable état, & qu'il leur a presenté un Mémoire en 40. articles , contenant ce que l'on a remarqué de plus sensible dans l'état des Affligées. Ces articles sont tirez de quatre Journaux , dont les trois premiers sont faits par les premiers, seconds & troisiémes Commissaires de M. de Bayeux , & le quatriéme , par

ce Prélat même, & écrit en partie de sa propre
main; de deux Certificats de ses quatriémes &
derniers Commissaires; & des témoignages &
Déclarations du Religieux desservant cette
Paroisse, de quelques personnes de condition, des parens des Affligées & de leurs
Domestiques. Si M. de Bayeux ne peut se
dispenser de recevoir ces Mémoires & Certificats, parce qu'ils sont en partie son propre ouvrage & celui de ses Commissaires;
& qu'ils ont été tous témoins oculaires de
tout ce qu'ils y rapportent; il ne peut pareillement rejetter légitimement les témoignages & déclarations des parens & des autres personnes, sur quelques autres ou pareils faits, dont ils été seuls témoins, parce que ce sont, au moins pour la pluspart,
des personnes d'honneur & de caractere à
devoir être crûs, & qu'il leur a toûjours rendu cette justice par ses Lettres & de vive voix, *qu'il n'avoit trouvé jusqu'ici que de
la sincerité & de la droiture dans cette affaire.* Ainsi il seroit inutile de s'arrêter à prouver plus amplement l'un & l'autre, se ré-
servant à le faire dans la suite s'il en est besoin. On se contente donc pour le present
de donner ces faits pour certains & incontestables, en marquant seulement à la mar-

gé les ſources d'où ils ſont tirés, & d'y faire voir les marques les plus aſſurées d'une vraye poſſeſſion du Démon. Si une partie de ces marques priſes ſéparément, ne démontre pas la réalité de cette poſſeſſion, les autres ſeront du moins à l'épreuve de la critique la plus exacte & la plus ſévere. Et quand bien même il n'y en auroit que deux ou trois, c'en ſeroit aſſez ſelon les plus célébres Théologiens & Médecins, & les Rituels mêmes, pour conſtater cette poſſeſſion, & pour faire voir que toutes les autres marques ne viennent vrai-ſemblablement que du même principe, & qui par-là forment toutes enſemble un corps de preuves où l'on ne peut ſe refuſer. C'eſt le premier motif que l'on a eû d'en apporter un ſi grand nombre; & le ſecond pour faire voir que ce ne ſont point quelques faits fabriqués pour en impoſer, mais une deſcription la plus exacte & la plus ſincere du déplorable état de ces Affligées. Voici ces faits tels qu'on les a expoſés à M M. les Docteurs de Sorbonne & de Médecine, & les réponſes qu'ils y ont faites.

On ſupplie très-humblement Meſſieurs les Docteurs de Sorbonne, & Meſſieurs les Docteurs de Médecine de Paris, de vouloir bien

porter leur jugement fur l'expofé en ce Mémoire, chacun pour les articles qu'ils croiront être
de leur compétence.

Il fe trouve depuis près de trois ans dans
la Paroiffe de . . . . Diocèfe de . . . . plufieurs filles, dont trois font même de condition, dans un état le plus déplorable,
que plufieurs Ecclefiaftiques de mérite &
d'experience, croient être une véritable
poffeffion du Démon. Mais avant de rapporter les fignes & les preuves fur lefquels
ils appuyent leur jugement; il faut remarquer, 1°. Qu'il n'y a dans ces Affligées
aucune malice, ni aucun deffein concerté
à craindre. 2°. Qu'on n'y apperçoit point
non plus aucune maladie de corps ni d'efprit, ni aucunes autres caufes naturelles,
aufquelles on puiffe raifonnablement attribuer aucun de ces excès. 3°. Que tous ces accidens ne leur arrivent que pendant leurs
accès, & qu'ils font entierement oppofés à
leur caractere, leur éducation & leur pieté. 4°. Que tous ces faits font très véritables,
& rapportés avec la derniere exactitude.
Les voici.

2. 3. Jour-
nal.
1. Certifi-
cat.

1°. Elles obéiffent pour l'ordinaire exactement à tout ce qu'on leur commande en
latin, quoi qu'en un latin choifi, & qu'el-

les n'en ayent jamais appris un mot. Elles paroissent même en avoir une intelligence si parfaite, qu'une entre autres, l'a rendu en françois terme pour terme, lorsqu'on l'a exigé, quelques longues que fussent les propositions. Cette même l'a parlé encore facilement & correctement, soit en répondant en cette langue, quoiqu'on ne lui parlât quelquefois pour lors qu'en François, soit en faisant même des propositions opposées à celles qu'on lui faisoit, ou en y ajoûtant, ou en en retranchant malicieusement, des termes, ou en en substituant d'autres, soit en relevant les fautes qu'on faisoit par inadvertance où à dessein en le parlant, suggérant les vrais termes, & dans une exacte construction.

Les Parens.

2°. Elles obéïssent pareillement très souvent à des commandemens purement intérieurs, & qu'elles ne peuvent pas prévoir; c'est à-dire, à des commandemens qu'on leur fait par la seule direction des pensées, & sur des choses dont elles n'ont point de connoissance, & elles y obéïssent exactement, malgré souvent toute la résistance qu'elles font paroître; elles obéïssent encore à des commandemens faits si bas, qu'à peine la personne qui les faisoit, s'entendoit-elle elle-même, ou faits d'une telle dis-

3. *Journal.*
1. *Certificat.*

Le Desservant.

2 *Certificat.*

tance , qu'elles ne pouvoient pas naturellement les entendre ; à quoi on ajoûtoit
encore quelquefois dans ces deux dernieres
circonſtances de faire en même tems ces
commandemens en Latin , ce qui étoit pour
elles , comme on voit , une double impoſ-
ſibilité de les entendre.

1. 2. Jour-
nal. 3°. Elles montrent une vivacité d'eſprit au-
deſſus de leurs diſpoſitions naturelles dans
leurs réponſes , leur entretien , les diverſes
gloſes qu'une entr'autres a faites dans l'inſtant ſur la pluſpart des termes des Exorciſmes & ſouvent même des queſtions qu'on leur
a faites. Elles ont ſubſtitué à certains termes des Exorciſmes d'autres qui paroiſſoient
en effet plus propres , & qui expriment des
points de Théologie , dont des filles ne ſont
Ibid. pas capables. Un Enfant de dix ans a parlé
nombre de fois de la magie , des malefices ,
Les Parens. des pactes , des marques impreſſes des magiciens , &c. avec toute la connoiſſance de
ces matieres , ſans jamais en avoir rien lû ,
ni entendu parler.

4°. Pluſieurs d'entr'elles ont revelé plu-
1. 2. Jour-
nal. ſieurs choſes cachées & éloignées , dont el-
1. Certifi-
cat. les n'avoient aucune connoiſſance , telles
que des choſes qui regardent la conſcience , l'interieur , ou qui s'étoient paſſées il
Madame
Deforges. y avoit long-tems , & très loin. Une a rap-

porté encore la situation de certains lieux très éloignés, la disposition de certaines maisons, leurs parties, les meubles qui y étoient, & plusieurs autres choses encore Les Parens plus particuliéres, de même que les noms & surnoms de certaines personnes, le lieu de leur demeure, leur figure, leur âge, &c. sans jamais avoir été dans ces lieux, avoir connu ces personnes, ni avoir entendu parler de l'un ni de l'autre, ce qui s'est trouvé veritable.

5°. Elles ont l'imagination tellement frappée qu'elles sont folles, malicieuses & réprouvées, & que tout ce qu'elles font & disent vient de ces principes, que quelque chose que l'on fasse pour les en dissuader, il n'est pas possible d'y réüssir; ce qui les jette dans des tristesses, des larmes & des desespoirs extrêmes, & ce qui prouve en même tems, que leur état ne peut être une simple imagination blessée d'idées de possession par des discours qu'on leur en auroit tenu, ou des livres qu'elles en auroient lû, comme quelques-uns se le font persuadé sans fondement, puisque leur imagination en seroit remplie au lieu de toutes ces choses, & que tout cela y est même en quelque façon diamétralement opposé. 2. 3. Journal. 2. Certificat.

6°. Quoiqu'elles paroissent conserver pres- 2. 3. Journal.

2. Certifi-
cat.

que toûjours la prefence d'efprit , excepté
dans leurs fyncopes , où elles perdent toute
connoiffance, & tout fentiment, (ce que l'on
doit auffi entendre partout où le mot de
fyncope fera repété ,) & qu'elles paroiffent
faire tous leurs efforts pour furmonter leur
état , elles affurent qu'il leur eft pour l'ordinaire abfolument impoffible d'être les maî-
treffes de leurs paroles & de leurs actions,
ni d'aucun mouvement exterieur pour le
bien & pour le mal. Tout paroît lié en elles pour le bien , qu'elles ne font qu'avec
les plus grands combats ; & tout délié au
contraire pour le mal, vers lequel elles font
voir une ardeur extrême , comme on verra
dans la plufpart des articles fuivans ; mal
au refte, qu'elles déclarent ne faire que malgré elles & avec un defaveu formel. Ce qui
fuppofe néceffairement en elles une force
étrangere, qui foit le principe de tout ce
dérangement & de tous ces excès.

2. Journal.
1. Certifi-
cat.

7°. Elles font paroître fréquemment des
mouvemens fubits d'une averfion & d'une
haîne inconcevables contre Dieu , le Saint
Sacrement, la Sainte Vierge , les Saints, &
tout ce qu'il y a de plus Sacré dans la Religion , mais fur tout contre le Saint Sacrement. Elles proférent contre lui mille
blafphêmes , & mille execrations qu'on au-

roit horreur de rapporter. Elles y ont ajoûté fouvent de crâcher vers le Tabernacle, de
le regarder avec des yeux horribles, & de
dire, *qu'elles fouhaiteroient de tout leur cœur*
que quelque ennemi pût en tirer le menfonge qui
y eft renfermé, & de réduire tout cela en cen-
dre, parce qu'il leur nuifoit beaucoup là, ou
de le leur donner pour le fouler aux pieds, &
fe venger des tourmens qu'il leur faifoit fouf-
frir de là, &c.

8°. Il faudroit voir pour croire jufqu'où
va leur haîne & leur mépris contre leurs Peres
& Meres ; fouvent elles ne peuvent les voir
ni en entendre parler : elles leur refufent jufqu'aux termes de Pere & de Mere, aufquels
elles en fubftituent des plus injurieux & des
plus méprifans. Il n'y a injures dont elles
ne les accablent, & mal qu'elles ne leur
fouhaittent : elles vont jufqu'à les fraper,
déchirer leurs habits, les mordre cruellement, caffer & brifer tout, & font géne-
ralement tout ce qu'elles peuvent pour leur
faire de la peine & les irriter : elles excitent jufqu'aux domeftiques à leur en faire
autant. Si elles leur font quelque fatisfaction dans leurs momens de liberté, leur
donnent quelques marques d'honnêteté, de tendreffe & de reconnoiffance, ou
prononcent les feuls mots de *mon Pere*, *ma*

2. *Journal.*
1. 2. *Cer-*
tificat.
Le Deffer-
vant.
Les Parens.

Mere, elles tombent fur le champ en fyn-cope, ou entrent un inftant après dans une plus grande rage contr'eux, & font voir un vif regret de leur avoir donné ce petit contentement.

2. *Journal.*
2. *Certifi-cat.*

9°. Elles ne paroiffent refpirer que le mal. Elles font même paroître une joye extrême de le voir faire : elles y excitent les autres de toutes leurs forces, elles font encore voir qu'elles ne le defirent que par une vraie difpofition de Démon. Il n'y en a point qu'elles ne fe fouhaittent ardemment, & qu'elles ne fouhaittent aux autres pour le tems & pour l'éternité ; comme que le tonnerre, la maifon puiffent tomber fur elles ; que tout le monde pût périr & être damné avec elles, &c. Leur état paroît même leur plaire tellement en ces momens, que c'eft les irriter au dernier point, que de leur parler d'en fortir, & de vouloir leur en donner l'efperance. Elles chériffent encore les méchans : elles les traitent d'amis, de camarades, & en font un grand éloge.

2. *Journal.*
2. *Certifi-cat.*

10°. Elles paroiffent au contraire dans une trifteffe & une rage extrêmes de voir faire le bien, pratiquer la vertu, & fur tout de voir prier Dieu, chanter fes loüanges, recevoir les Sacremens, particulierement la Sainte Communion. Elles crient aux Communians, *qu'ils vont s'empoisonner, & qu'elles seroient bien fâchées d'en faire autant.* Elles ne peuvent suporter la compagnie des personnes vertueuses, ni qu'on en parle : elles les maltraitent souvent de parole & de fait, & en disent tout ce que l'on peut de plus disgracieux ; leur aversion est encore des plus grandes contre les Prêtres, mais particulierement contre ceux dont la conduite répond à la sainteté de leur caractere.

11°. On a une peine infinie à les faire prier Dieu, ou former quelque acte de Religion : elles entrent sur le champ dans des fureurs extrêmes, tombent à chaque instant en syncope, & au moindre mot qu'elles veulent en prononcer, elles disent qu'elles perdent la mémoire de tout ce qu'elles ont à dire, & ont la langue tellement liée, qu'elles ne peuvent après bien des efforts, que prononcer au plus la premiere sillabe, pendant qu'elles l'ont en même tems bien déliée pour prononcer mille juremens & mille impertinences, & tout autre chose que ce qui regarde la Religion. On vient cependant à bout de le leur faire faire, après souvent bien du tems, par les commandemens interieurs & autres, qu'on fait au Démon, au nom de N. S. J. C. de leur en laisser la liberté.

2. 3. Journal.
1. 2. Certificat.
Le Desservant.

2. Journal.
1. 2. Cer-
tificat.
Le Desser-
vant.

12°. Elles n'entrent qu'avec beaucoup de peine dans l'Eglife, où fouvent elles tombent à la renverfe & en fyncope dès qu'elles y mettent le pied, & elles n'y peuvent refter qu'avec la derniere violence; quelques unes tombent dans ce même état, dès qu'elles entrent dans le Cimetiere, ou paffent devant une Croix, & ne reviennent de cet état que lorfqu'on les a portées hors de ces lieux, ou par les commandemens au nom de N. S. J. C. l'aplication des Reliques, le figne de la Croix, l'Eau benîte, &c. La même chofe leur arrive fi elles veulent faluer le Saint Sacrement, un Autel, &c. & fouvent même fi elles veulent faluer quelqu'un ou lui faire quelque honnêteté.

2. Journal.
1. 2. Cer-
tificat.
Le Desser-
vant.

13°. Elles ont encore beaucoup de difficulté d'entendre la Meffe, l'Office Divin, le Salut du Saint Sacrement; mais fur tout le falut & la Meffe depuis la confécration jufqu'à la communion. Elles difent y fouffrir de grands mots de tête & des opreffions d'eftomac très violentes: elles y ont des agitations affreufes: elles y proferent mille blafphêmes éxecrables contre le Saint Sacrement: elles aboyent en même tems: fifflent, crient, hurlent, & jettent contre lui des regards effroyables. Elles tombent pour l'ordinaire à la renverfe & en fynco-

pe à la benediction du Saint Sacrement, &
à l'élevation de la Sainte Hostie ; & ressen-
tent assez souvent un grand mal de cœur à
la Communion du prêtre , à qui elles disent mille injures , particulierement pendant ce temps.

14°. Elles n'ont pas moins de peine
à se confesser , qu'à prier Dieu ; dès qu'elles entrent au confessionnal , elles perdent,
pour ainsi dire , la tramontane, & entrent
dans des agitations extrêmes. Elles y font
des cris , des hurlemens , & des tintamar-
res effroyables : elles y jurent & vomissent
mille injures contre le Confesseur , qu'elles
frapent même assez souvent ; elles s'y mordent les bras & les mains , déchirent leurs
habits , & tout ce qu'elles rencontrent :
elles se plaignent d'y perdre toute la mémoire de leurs fautes , & d'avoir la langue
entierement liée , ou elles tombent à la ren-
verse & en syncope dès qu'elles veulent prononcer le moindre mot de leur accusation
ou des actes nécessaires ; mais sur tout de
l'acte de contrition & pendant l'absolution.
On ne leur fait surmonter toutes ces difficultés qu'avec beaucoup de peine & de tems,
& en les aidant par les Commandemens au
nom de N. S. J. C. par l'application des Reliques ou de l'Etolle, &c.

4. *Journal.*
1. 2. *Cer-
tificat.*
*Le Desser-
vant.*

15°. Rien n'approche de l'opposition & de l'horreur qu'elles font paroître pour la Sainte Communion. On a toute la peine à les en faire approcher malgré le desir ardent qu'elles marquent en avoir intérieurement. Elles sont saisies d'effroi, de tremblements & d'agitations extrêmes : elles pleurent, elles font des cris & des hurlemens effroyables : elles se frappent, se mordent cruellement : elles grincent les dents, abboyent, jurent, blasphément contre le Saint Sacrement d'une maniére execrable. Elles lui tendent le poing, le regardent avec des yeux horribles, & font comme des chiens enragés. Si elles font quelques efforts pour recevoir la Sainte Hostie, elles sont renversées sur le champ avec violence par terre, ou entre les bras de ceux qui les tiennent, & le plus souvent en syncope; ou bien il leur survient une toux séche, une soif ardente, un grand mal de cœur, une foiblesse extrême, une espece de boulle dans la gorge, qui la gonfle considerablement, & bouche le passage. Enfin, ce n'est que par la persévérance & les Commandemens réïtérés au nom de N. S. J. C. qu'on fait cesser tous ces obstacles, & qu'on leur fait rendre la liberté de recevoir la Sainte Hostie avec révérence & pieté, après quoi elles

les demeurent tranquilles pendant quelques-
tems, dont elles profitent pour faire leurs
actions de graces avec toute la dévotion
& l'ardeur possibles.

16°. Les exorcismes leur sont aussi extrê- *2. 3. Jour-*
nal.
mement terribles. Elles sont dans des agi- *1. 2. Cer-*
tations & une rage qu'on ne peut expri- *tificat.*
mer. Elles y ajoûtent les cris, les hurlemens,
les blasphêmes les plus grands. Elles n'é-
pargnent rien pour irriter Jesus-Christ, &
leur audace va jusqu'à le défier de se van-
ger de leurs insultes, désirant & lui de-
mandant même comme grace de les abîmer
plûtôt en enfer que de les obliger à se manifester plus sensiblement, & de les faire
par-là servir à sa gloire & à celle de son
Eglise, ce qu'elles paroissent infiniment ap-
prehender. Bien plus, toutes ces agitations,
ces blasphêmes, ces fureurs redoublent extraordinairement aux endroits des Exorcismes, où on rappelle au Démon l'idée de
son ancien bonheur & de son malheur present, de la puissance de J. C. & de son
Eglise sur lui, ou lorsqu'on lui commande de sortir, & qu'on augmente ses peines
pour sa résistance, quoi qu'on ne leur parle pour lors qu'en latin.

17°. Elles font voir encore beaucoup d'a- *2. 3. Jour-*
nal.
version pour les Reliques des Saints, & *1. 2. Cer-*
tificat.

B

leur effet est admirable sur elles, quoique l'application qu'on leur en fait soit des plus sécrettes & à leur insçû. Outre tout ce qu'on en a rapporte dans la plûpart de tous ces articles, elles les agitent extrêmement; Elles leur ont fait retirer les differentes parties du corps dont on les a approchées sécrettement sans les toucher, même pendant leurs syncopes & les yeux bandés. Si on en a caché dans leurs habits, proche d'elles, elles n'ont point eû de repos qu'on ne les ait ôtées, & elles y ont porté droit la main pour les jetter par terre & les briser. De deux bourses, dont on affecta un jour de vouloir faire present d'une à choisir, à une d'entr'elles, dans l'une desquelles on avoit enfermé à son insçû de vrayes Reliques, & dans l'autre un simple morceau de bois *, elle voulut se jetter sur la premiere; en disant que c'étoient des os de chien enragé qui étoient dedans, & que si elle la tenoit, elle la jetteroit dans le feu; pour la seconde, qu'on la lui donnât, qu'elle la garderoit bien, quoiqu'elle n'eût touché cependant ni l'une ni l'autre.

18°. L'Eau benîte, le signe de la Croix,

Les Parens.

2. Journal.
Mad. de
Beuvrigny.

2. 3. Journal.

Ibid.

---

* C'étoit un petit Morceau du Bois du lit de M. Paris, que M .... Chanoine de Bayeux, avoit ôté à Mad. sa sœur, dont il voulut faire l'épreuve.

le Crucifix, les mains d'un Prêtre, l'Etole, &c. ont aussi un grand pouvoir sur elles. Si on a mis quelquefois à leur insçû quelques gouttes d'Eau benîte dans leur boire ou manger, où elles ne pouvoient l'avaler, & tomboient en syncope, ou cela leur causoit des maux de cœur très-grands. Si elles veulent en prendre pour se signer, elles tombent en syncope ; & si on leur en a jetté sur le visage, la gorge, les mains dans cet état de sincope, elles se sont plaintes assez souvent, revenuës à elles, que ces parties leur cuisoient beaucoup, & elles en ont paru même quelquesfois très-enflammées. Elles ont ressenti pareillement les signes de Croix qu'on a faits contr'elles, soit par derriere ou au travers d'une porte fermée sur elles. Enfin elles ne peuvent regarder librement le Crucifix, ni le supporter sur leurs têtes, non-plus que les mains d'un Prêtre & l'Etole, dont le poids leur paroît insuportable.

1. 2. Certificat.
Les Parens & Domestiques.

19°. Elles disent que le son des cloches leur fait encore souvent beaucoup de peine. Une âgée de dix ans tombe même en syncope dans quelque lieu qu'elle se trouve, seule ou non, & même dans l'eau, si elle s'y trouve pour lors, au premier coup qu'elles sonnent, quoiqu'à peine puisse-

1. 2. Certificat.
Mr. de Vacognes, &c.

B 2

t'on les entendre quelques fois à caufe du trop grand éloignement où l'on peut être pour lors , & elle ne revient de cet état que lorfqu'elles ceffent de fonner, quelque tems qu'on les fonne : effet que n'a point produit une cloche qui n'eft point benîte, dont on a fait l'experience à fon infçû, quoi qu'elle l'entendit bien. Quelquefois cet accident ceffe pour certains Offices ; quelquefois pour tous pendant certain tems. Ce même effet fe trouva il y a dix ans dans fa fœur aînée au commencement de fon état, dont elle fut délivrée quelque tems après par les Exorcifmes.

20°. Si elles veulent lire dans leurs heures , ou dans quelque livre de pieté , elles difent qu'elles perdent fouvent fur le champ la vûë, qu'elles recouvrent auffi-tôt qu'elles ceffent ces lectures, & la perdent de nouveau à chaque fois qu'elles veulent recommencer. De même fi elles veulent entendre la parole de Dieu à l'Eglife ou à la maifon, elles déclarent ou qu'il ne leur en refte rien dans l'efprit, ou qu'elles perdent l'ouïe fur le champ, ou n'en comprennent pas un mot ; ce qui ne leur arrive point à tout autre lecture ou difcours. Elles difent encore que fi elles veulent faire le figne de la Croix, ou qu'elles ne peuvent lever le bras, ou fi elles le levent tant ſoit peu, qu'une force majeure le rabat dans l'inſtant avec violence. Pareillement, s'il eſt queſtion d'aller à l'Egliſe, au Confeſſionnal, & à la Sainte Table, ſur tout, qu'elles reſſentent dans les jambes des douleurs & une foibleſſe ſi grandes, qu'elles ne peuvent faire un pas.

2 1°. Quoi qu'elles ayent peu de tranquilité 2. Certi- & qu'elles ſoient preſque toûjours agitées ou cat. exterieuremét, ou interieurement, à ce qu'el- Les Parens. les aſſurent, ce qui fait qu'elles ne peuvent travailler ni s'occuper preſqu'à aucune choſe de bien & d'utile; on remarque qu'elles le ſont beaucoup plus les jours de pénitence & de Fêtes, ſurtout aux grandes Solemnités. C'eſt pourquoi elles n'oſent preſque pas approcher de l'Egliſe ces jours-là. Cela fut cauſe en particulier que pluſieurs d'entr'elles ne purent aſſiſter au Salut du Saint Sacrement pendant l'Octave derniere, mais elles n'en reſſentirent pas moins les effets à la Maiſon, ſurtout au moment de Domeſti- la bénédiction, où elles tomboient en ſyn- ques. cope, ſans cependant ſçavoir préciſément ce moment.

2 2°. Les diſcours qu'elles tiennent quelque fois ſur la Religion font horreur. El- 1. 2. Cer- les en parlent en hérétiques, en libertins, tificat.

en athées, & elles excitent les autres à en a-
voir ces sentimens , & à ne pas se gêner
sur tout cela. Toutes les hérésies & la morale la plus relâchée, sont fort de leur goût,

& elles les exaltent au dessus de tout ce qui
est conforme à la saine doctrine. Elles ajoûtent même quelque fois que toute la Religion n'est que mensonge ; que c'est folie
de croire qu'il y ait des diables, & même un
Dieu ; que les diables sont nos mauvaises
humeurs , & qu'un chacun se faisant un
Dieu , il faut bien garder sur tout cela un
certain exterieur , &c. C'étoient les leçons
qu'une faisoit un jour en particulier dans
les exorcismes à un Chevalier de Malthe.

23°. Elles paroissent prendre un grand
plaisir à mentir & à calomnier, & elles le font
avec une malice & une facilité des plus
grandes. Elles disent encore mille choses les
plus desobligeantes à tout le monde sans
consideration , qu'elles traitent par *toi* &
avec le plus grand mépris , mêmes les di-
gnités les plus respectables. Elles montrent
pareillement dans toutes leurs actions ,

leurs paroles , leur maintien , une hauteur & un vrai orgüeil de démon. Quelqu'unes ont été jusqu'à proposer de les a-
dorer , & de se donner à elles , de faire des
pactes avec elles , dont elles rapportoient

toutes les conditions , même un enfant de dix ans , & propofoient des récompenfes temporelles. Bien plus; une autre a eû l'audace d'ajoûter dans un exorcifme *qu'elle étoit celui qui eft.*

2. 3. Journal.

24°. Quoiqu'elles foient fort éloignées de croire dans leurs agitations , que leur état vient du démon , elles ne laiffent pas malgré elles , d'en tenir prefque toûjours le langage , & de parler en mafculin & en diable découvert ; ce qu'elles corrigent fur le champ dès qu'elles voyent qu'on y fait attention , en reprenant leur façon naturelle de s'exprimer , quoique fouvent le démon fe manifefte fenfiblement, en déclarant nettement que c'eft lui qui parle & qui agit, & non pas les poffedées; ce que l'on reconnoît même aifément par le different ton de voix , & par les difcours qui font bien differens de ceux qu'elles tiennent dans leur état de liberté, & qui ne peuvent naturellement venir que du démon , comme on peut le remarquer dans la plûpart des articles ci-deffus.

2. Journal.
2. Certificat.

25°. Deux d'entr'elles ont une inclination violente à aller trés fouvent en certains lieux malgré qu'on en ait , où l'on eft obligé de les fuivre , & où elles ne font pas plûtôt arrivées feules ou non , qu'elles tom-

2. Journal
2. Certificat.
Les Parens
& Domefti-
ques.

bent à la renverſe & en ſyncope, à l'aſ-
péct de certains objets, c'eſt-à-dire, certaines perſonnes qu'elles accuſent d'être les
auteurs de leurs maux, qu'elles diſent y
voir. Elles diſent encore que c'eſt par l'ap-
parition de ces mêmes objets à l'Egliſe &
à la maiſon, qu'elles ſont effrayées, ren-
verſées par terre, & en ſyncope, les yeux
fixés vers eux. On reconnoît qu'elles les
voyent pour l'ordinaire des yeux du corps,
en leur couvrant le viſage;ce qui leur en ôte
ſur le champ la vûë & les tranquiliſe, au
lieu qu'elles les voient également malgré ce
moyen, quand elles ne les voient que par
l'imagination.

2. 3. *Jour-*
nal.
2. *Certifi-*
cat.

   26°. Elles ſont d'une hardieſſe ou plûtôt
d'une témerité ſurprenante à s'expoſer aux
plus grands dangers où elles périroient cent
fois, ſi Dieu ne les y conſervoit particulierement, ou plûtôt ſi la même force qui
les y entraîne ne les y ſoûtenoit par un ordre ſpecial de Dieu. Une a marché pluſieurs

Les Parens
& Domeſti-
ques.

fois en arriere comme en avant ſur un mur
très haut avec une grande viteſſe, ſans faire le moindre faux pas. Elle s'eſt jettée pluſieurs fois avec violence tout le corps dans
un puits ſans autre apui que de ſe tenir
ſuſpenduë au bord par les mains. Une autre a paſſé tout ſon corps par les fenêtres

des chambres, des escaliers & des greniers, & s'y est exposée de même que sur les puits d'une façon qui fait trembler, comme on le dira en l'article 40. & elles sont l'une & l'autre, en tout cela, en même tems en syncope.

27°. Elles sont accablées le plus souvent d'une tristesse & d'un desespoir extrême, & sans aucun sujet : elles en sont saisies subitement & délivrées de même, sans qu'il en reste la moindre chose dans leur esprit. C'est particulierement dans ce tems qu'elles disent être tentées d'une maniere la plus violente d'abandonner tous les devoirs de Chrétiennes, de ne plus rendre à Dieu aucun culte, de renoncer même formellement à lui, & de se donner entierement au Démon ; & quoiqu'elles assurent que leur cœur n'y consent jamais, elles ne laissent pas cependant de le faire souvent de bouche, & de se souhaiter les plus grands maux. La tentation de se détruire est même si violente, qu'elles n'osent pas souvent s'aprocher des fenêtres de leurs chambres ni de l'eau, ni laisser sur elles couteaux ou ciseaux, ou autres choses semblables.

28. Leurs coleres & leurs fureurs sont sans bornes & véritablement diaboliques : elles crient, jurent & font des tintamares

2. Journal. 1. 2. Certificat.

2. Journal. 1. 2. Certificat. Le Desservant.

effroyables : Elles caſſent & briſent tout juſqu'à leurs habits & tout ce qu'elles aiment le plus : elles ſe frapent le viſage à coups de poing, ſe déchirent à belles dents les bras & les mains, ou ſe les coupent avec des ciſeaux, & font contre elles mille imprécations les plus terribles. Elles en font autant à ceux qui veulent les approcher & les contenir, de ſorte qu'on eſt obligé de les lier très ſouvent. Elles vomiſſent alors les plus horribles blaſphêmes contre J. C. Elles ſe mettent pour la moindre choſe, & ſouvent ſans aucun ſujet, tout à coup dans cet état, qui finit auſſi ſubitement par les Commandemens au nom de de N. S. J. C. ou par l'application des Reliques.

29°. Elles diſent que les differentes impreſſions de haîne, de colere, de déſeſpoir, qui ſe font tout à coup ſur leur cerveau, leur y fait reſſentir comme un plomb très peſant, ou une chaleur, ou un froid extrêmes. Elles ajoûtent qu'elles y reſſentent encore très ſouvent des douleurs inſuportables, de même que dans les bras & les jambes, & que tout cela paſſe dans l'inſtant d'une partie de la tête à une autre, d'un bras à l'autre, ou d'une partie du même bras, à une autre, à l'application des Reliques, ou à l'impreſſion du ſigne de la Croix

fur ces parties; & dans les jambes par des
fignes de Croix que des perfonnes de leur
fexe font deffus, ou par quelques gouttes
d'Eau benîte qu'elles y mettent, & ceffent
enfin après quelque réfiftance, fi on y ajoûte fur tout les Commandemens au nom de
N. S. J. C.

30°. Elles fe plaignent de grandes oppreffions d'eftomac, fans qu'on en voye de
caufe naturelle; ces oppreffions redoublent
fur tout à l'Eglife, ce qui les oblige pour
l'ordinaire d'en fortir auffi-tôt. Elles ajoûtent qu'elles fentent dans l'eftomac comme
une boule très pefante, qui le leur fait gon-
fler extraordinairement, de même que la
gorge, où elle monte & defcend vifiblement, & que ces oppreffions ceffent enfin entiérement par l'aplication des Reliques. Une
en particulier, a encore des hocquets qui
durent quelque fois deux à trois heures
fans difcontinuer, & qui font fi violens,
qu'elle dit en avoir l'eftomac brifé. On les
fait ceffer encore dans l'inftant avec quelques gouttes d'Eau benîte, qu'on lui fait
avaler de force, fans qu'il lui en refte la moindre incommodité un inftant après; ce qu'on
ne peut obtenir avec toute autre liqueur.

3°. Comme elles tombent toûjours à la
renverfe, & le plus fouvent de leur hau-

2. 3. Jour-
nal.
2. 3. Cer-
tificat.

2. 3. Jour-
nal.

28

1. 2. Cer-
tificat.
Le Desser-
vant. teur , & avec une violence si grande, qu'il
paroît visiblement que ce n'est que par quelque force étrangere & invisible qu'elles sont
renversées ; elles reçoivent des coups si terribles à la tête contre le pavé, les murs &
les bancs, qu'elles devroient s'enfoncer ou
se fendre le crâne , de l'aveu des Médecins
qui en ont été témoins, sans qu'il leur en reste
aucun autre accident , que quelquefois une
tumeur qui est souvent dissipée dans l'instant avec la douleur par la seule application de quelques gouttes d'Eau benîte, ou
des Reliques.

1. 2. Cer-
tificat.
Le Desser-
vant.
Les Maîtres
& Domesti-
ques. 32°. Quelque faim & quelque soif qu'a-
yent souvent quelques-unes d'entr'elles , il
n'est pas possible de leur faire rien prendre, soit
parce qu'elles sont saisies sur le champ de
fureur , ou parce qu'il leur survient quelque chose dans le gosier , qui bouche le
passage , ou le resserre , ou parce qu'elles
tombent en syncope. Une entr'autres, ne
peut pas même depuis plus de huit mois ,
se servir de ses mains pour porter les alimens à sa bouche, ni de ses dents pour les
mâcher , sans tomber sur le champ en syncope ; ce qui l'oblige , revenuë à elle , de
les avaler tels qu'on les met dans sa bouche , quelques solides qu'ils soient , & du
volume ordinaire , ce qu'elle fait au reste

avec la même facilité que s'ils étoient bro-
yés, & fans aucun mouvement fenfible du
gofier ; difficulté qu'on a fait ceffer nombre de fois par les commandemens faits au
Démon, au nom de N. S. J. C. ou par l'a-
plication des Reliques. Depuis plus de trois
mois, elle eft encore obligée d'aller nuds
pieds, quelque froid qu'il ait fait, ne pou-
vant prendre ni bas ni chauffure, tombant
en fyncope dès qu'elle en veut prendre.

33°. Une d'entr'elles dit qu'elle vomit,
la plufpart du tems, tout ce qu'elle prend,
après l'avoir gardé plus de vingt-quatre heures, & fans que ce qu'elle a pris, ait changé de nature ni de couleur, quoiqu'elle di-
gere parfaitement & fans peine le refte du
tems. Une autre le vomit depuis trois ans fans
aucun effort à mefure qu'elle l'a avalé, &
joüit cependant d'une fanté paffable, &
d'un teint pareil ; quoiqu'elle en retienne
fi peu, qu'elle dit être quinze jours fans
aller à la felle, & qu'elle ne rend pas dans
cette feule felle plus de matiere qu'une
groffe noix : Elle a été même près d'un an
qu'elle vomiffoit auffi noir que de l'encre,
n'eût-elle eû les alimens qu'un inftant dans
le corps, & ne fuffe qu'un verre d'eau,
fans qu'elle eût rien pris qui y pût donner
cette couleur. On lui a fait des Exorcif-

1. 2. Cer-
tificat.
Le Deffer-
vant
Les Parens
& Domefti-
ques.

mes , & le vomissement a cessé entierement
pendant quelque tems, après que la Médecine y avoit appliqué inutilement ses remedes.

2. 3. Jour-
nal.
1. 2. Cer-
tificat.
Le Desser-
vant.

34°. Elles aboyent comme des chiens ;
mais une entr'autres le fait avec tant de force & de ressemblance aux plus gros chiens,
qu'on auroit peine à distinguer ses abois des
leurs, si on n'en étoit pas témoin, ou qu'on
n'en fût pas prévenu ; quoiqu'elle soit souvent pour lors tombée en syncope, le corps
renversé en arriére & en arc , ce que les Médecins qui ont été témoins , ont regardé
comme une chose extraordinaire , & qui le
paroît en effet, d'autant plus que leur corps
est pour lors dans une contrainte extrême,
& qu'elles sont privées de tout usage de la
raison & des sens. Leurs cris & leurs hurlemens sont des plus effroyables : ils ont duré une fois dans une Exorcisme sans discontinuer, & sans cependant en contracter aucun enrouëment , ni aucune incommodité, quoique quelques unes soient d'un
tempérament très délicat.

2. 3. Jour-
nal.
1. 2. Cer-
tificat.

35°. Leur insensibilité & la perte de toute connoissance dans leurs syncopes sont
des plus parfaites, & reconnuës par les Mé-
décins. On a fait toutes les épreuves ima-
ginables pour les constater , jusqu'à brûler

profondément le bras d'une d'entr'elles a-
vec une bougie, dont il lui resta une grande playe, sans avoir pû la faire revenir à
elle : ce que l'on obtient cependant & souvent sur le champ par la seule application
des Reliques & les Commandemens au nom
de N. S. J. C. Elles ont aussi pendant cet
état les membres & tout le corps, ou excessive-
ment roides, ou sans aucune consistance, &
souvent tout à la fois l'un d'une façon, & l'autre de l'autre ; disposition qui passe pareillement dans l'instant d'une extrémité à l'autre, à l'application des Reliques, au signe
de la Croix, &c. & elles ont en tout cela pour l'ordinaire des attitudes & des gê-
nes de corps aussi surprenantes pour leur
nature, que pour leur durée.

36°. On a remarqué qu'elles pesent encore souvent dans cet état de syncope au
moins le double de ce qu'elles pesent dans
leur état naturel, de sorte que deux hommes ont eû quelque fois bien de la peine à
porter un enfant de dix ans. Bien plus, quatre hommes n'ont jamais pû plusieurs fois
& en differens tems en lever une autre de
terre, où elle étoit étenduë, quelqu'effort
qu'ils fissent pendant un temps considerable; & dès qu'un Prêtre y fut arrivé & qu'il
eut commandé au Démon de lui rendre la

2. *Journal.*
2. *Certifi-*
cat.
M. M. *de*
S. *Achard*
& *des Ifs.*
Les Domes-
tiques.

connoiffance & la liberté de fe relever elle-même, elle recouvra l'un & l'autre. Une
chofe encore furprenante, deux hommes
la portant facilement. un autre jour dans
ce même état, deux autres hommes s'étant
joints à eux pour les aider à la porter, fon
corps devint tout à coup fi pefant, qu'ils
eurent toute la peine à gagner la maifon,
quoique proche, déclarant qu'ils auroient
eû moins de peine à porter chacun un fac
de bled.

2. 3. Jour-
nal.

    37°. Quoique leurs agitations foient tel-
les qu'elles ont duré quelque fois des trois
quarts-d'heure fans difcontinuer , & que
quatre à cinq perfonnes des plus fortes ne
fuffifoient pas quelque fois pour en contenir une, leur poulx étoit cependant auffi
tranquile & auffi égal , que dans le repos
le plus parfait, ou s'il y arrivoit quelque fois
quelque alteration ; elle étoit fi peu fenfible qu'on peut la compter pour rien. On
a remarqué encore un prompt paffage de cet
état d'agitations extrêmes , ou de roideur
& de contrainte , à un état le plus tranquile & le plus libre, fans en être aucunement
fatiguées, ni plus échauffées. Ce qu'il y a
encore de remarquable dans toutes ces agitations & ces chûtes en arriere, eft qu'il ne
s'y paffe jamais rien qui puiffe bleffer tant
                         foit

2. Certifi-
cat.

foit peu la pudeur , ce qui devroit cependant fouvent arriver, fi une main invifible
ne tenoit pas leurs habits en état.

38°. On a déja dit qu'on étoit fouvent
obligé de les lier dans leurs fureurs, fur
tout une , mais c'eft pour l'ordinaire fort
inutilement à l'égard de celle-là ; car quelque induftrie que l'on employe à la lier par
le corps , les bras , & les pieds dans fon lit,
ou dans un fauteüil , tous les nœuds par
deffous la couche , ou derriere le fauteüil,
& les bandes & autres ligatures tellement
ferrées & entrelacées , qu'elle ne peut pas
remuer aucune partie de fon corps, fur tout
les mains , on n'eft pas détourné , & quelque fois même devant les perfonnes qui
viennent de la lier , qu'elle fe trouve déliée dans l'inftant , & les nœuds défaits ,
quoique quelque-fois encore extraordinairement coufus ; ou bien fortie de fes liens,
fans que les nœuds foient défaits ; ou enfin parce que les liens fe trouvent entiérement coupés , même ceux qui lui ferrent
les bras l'un fur l'autre , quoiqu'on ne lui
eût laiffé aucun couteau ni cifeaux , ni
qu'elle eût la liberté de fe fervir de fes
mains.

39°. Une d'entr'elles tourne fur les deux
pieds à la fois , ou fur les genoux , & les

2. Journal.
2. Certifi-
cat.
Le Deffer-
vant.
Les Domef-
tiques.

2. Journal.
Les Parens.

C

mains, pendant, quelque fois plus d'une heure sans discontinuer, avec une rapidité extrême, sans en contracter aucun étourdissement ni aucune fatigue. Une autre étant sortie de ses liens la nuit, pour aller se jetter dans un puits, se voyant poursuivie de près par une personne, & n'ayant pas le tems d'ouvrir un des battans de la porte de la cuisine, elle ouvre un des volets de cette porte, qui n'est point vitré, à peine assez large pour passer son corps, & à la hauteur de trois pieds de terre, & passe au travers comme un oiseau, c'est-à-dire avec la même vitesse, la tête la premiere, & tout le corps étendu horisontalement, sans s'appuyer à rien ; & non seulement elle ne tomba point de l'autre côté ; mais on en perdit encore dans le même tems la vûë.

Anne Néel servante.

40°. Cette même voulant se jetter un jour par la fenêtre d'un escalier au deuxiéme étage, demeura suspenduë en l'air, sans aucun apui sous les pieds, ni se tenir à rien pendant tout le tems qu'il fallut pour monter à cet étage, & la retirer. Elle s'est passée tout le corps par la fenêtre d'un grenier, n'étant appuyée que sur le bout des pieds sur le linteau de la fenêtre qui n'a que trois pieds de hauteur, & par le bout des doigts seulement posés sous le linteau

3. Journal & trois Domestiques.

2. Journal devant plus de 30 personnes, Grands Vicaires, Ecclesiastiques & gens de

superieur très uni, les bras renversés en arriere, les jambes, tout le corps & la tête
dehors, & en l'air, à quoi elle ajoûta de très
grands & continuels élancemens pour pouvoir se précipiter ; ce qui dura jusqu'à ce
qu'on eût monté au grenier pour la retirer. Elle s'est mise une autre fois un talon
sur le bord exterieur du linteau de la fenêtre d'une chambre, l'autre pied en l'air,
& tout le corps panché dehors, sans se tenir à rien. Elle s'est assise encore sur le bord
interieur d'un puits, tout le corps dedans
& panché jusqu'au milieu, sans aucun a-
pui sous les pieds ni se tenir à rien ; & en
tout cela toûjours en syncope.

Cela posé, on demande à ces Messieurs,
si l'on ne peut pas conclure de tout cet exposé, une vraye possession du Démon dans
les personnes Affligées, ou si l'on peut dire,
que tous ces faits surprenans puissent être
les seuls effets d'une imagination, qu'on
suppose être frappée d'idées de possessions
par des discours qu'on supose encore qu'on
leur en auroit tenu, ou par des lectures
qu'elles en auroient fait, ou s'ils peüvent a-
voir quelque autre cause purement naturelle. Enfin si l'on juge que ces effets ne
viennent que du Démon, si ceux qui sont
chargés du salut de ces personnes, peüvent

condition,
&c.
2. Certifi-
cat.
Messieurs
les Curez
de Neuilly
& du Lo-
cheur, &
Domestiques

C 2

en confcience leur refufer en ce cas les priè-
res de l'Eglife, ou exorcifmes, & la Sainte
Communion, pendant qu'on permet de les
confeffer, & de leur donner l'abfolution.

NOUS fouffignés NICOLAS ANDRY,
Confeiller, Lecteur & Profeffeur Royal, Docteur Regent, & ancien Docteur
de la faculté de Médecine de Paris, Cenfeur Royal des Livres, &c. & JACQUES
BENIGNE WINSLOW, de l'Academie Royale des fciences, Docteur Regent, & ancien Profeffeur de la même Faculté, &c.
Avons examiné avec tout le foin poffible le
Mémoire ci-devant, en conféquence de
quoi certifions avoir trouvé dans ledit Mémoire quatre cas finguliers, qui nous paroiffent paffer les forces de la nature, & ne
pouvoir être attribués à aucune caufe phifique, fçavoir;

1°. Que les perfonnes y mentionnées fe
donnent, en tombant fubitement de leur
hauteur contre le pavé, contre les murs &
contre des bancs, des coups fi terribles à
la tête, qu'elles devroient s'enfoncer ou
fe fendre le crane, & cependant il ne leur
en eft arrivé aucun accident, finon quelque
fois une tumeur & une douleur, qui fouvent fe diffipe dans l'inftant, fans qu'on y

faſſe autre choſe , que d'y mettre quelques
gouttes d'Eau Benite, ou d'y appliquer des
Reliques.

2°. Que ſouvent elles peſent dans le tems
de leur ſyncope , au moins le double de ce
qu'elles peſent dans leur état naturel , de
ſorteque deux hommes ont eû quelquefois
de la peine à porter un enfant de dix ans.
Bien plus, que quatre hommes n'ont jamais
pû pluſieurs fois, & en differens tems, en lever une autre de terre où elle étoit étenduë , quelque effort qu'ils fiſſent pendant
un tems conſiderable ; & dès qu'un Prêtre
y fut arrivé, & qu'il eut commandé au Démon de lui rendre la connoiſſance & la liberté de ſe relever elle-même, elle recouvra l'un & l'autre. De plus, que deux hommes la portant facilement un autre jour
dans ce même état , deux autres s'étant
joints à eux pour les aider à la porter ; ſon
corps devint tout à coup ſi peſant, qu'ils
eurent toute la peine à gagner la maiſon ,
quoique proche , déclarant qu'ils auroient
eû moins de peine à porter chacun un ſac
de bled.

3°. Qu'il y en a une , qui, quelqu'in-
duſtrie qu'on apporte à lui lier dans ſa fureur, le corps, les bras & les pieds dans ſon
lit, ou dans un fauteüil , tous les nœuds

étant par deſſous la couche, ou derriere le fauteüil, & les bandes ou autres ligatures tellement ſerrées & entrelacées qu'elle ne peut remuer aucune partie de ſon corps, ſur tout les mains, ſe trouve dans l'inſtant déliée tantôt les nœuds ſe défaiſans d'eux-mêmes, quoique quelque fois encore extraordinairement couſus, tantôt ſans que ces nœuds ſoient défaits, tantôt enfin, ces mêmes nœuds ſe trouvant entierement coupés d'eux-mêmes, ſans excepter ceux qui lui ſerrent les bras l'un ſur l'autre.

4°. Qu'il y en a une qui voulant ſe jetter par la fenêtre d'un eſcalier au ſecond étage, demeura ſuſpenduë en l'air, ſans aucun appui ſous les pieds, & ſans ſe tenir à rien pendant tout le tems qu'il fallut pour monter à cet étage, & la retirer. Qu'elle s'eſt miſe une autre fois un talon ſur le bord exterieur du linteau de la fenêtre d'une chambre, l'autre pied en l'air, tout le corps panché dehors, ſans tenir à rien : Qu'elle s'eſt aſſiſe encore ſur le bord interieur d'un puits, tout le corps dedans & panché juſqu'au milieu ſans aucun appui ſous les pieds, & pendant tout cela toûjours en ſyncope.

Leſquelles choſes énoncées dans ces quatre articles, certifions comme ci-deſſus, paſſer les forces de la nature, & ne pouvoir

être attribuées à aucune caufe phyfique. Le
tout au refte fans prétendre rien décider fur
les autres articles, qui peuvent être du reffort de la Phyfique & de la Médecine. Fait
à Paris le 4. Mars 1734.   ANDRY.
WINSLOW.

Après avoir lû & examiné le Mémoire ci-
deffus, après avoir apris de plus l'inutilité
des remedes employés par les Médecins,
nous croyons que la Phyfique ne peut expliquer quelques uns des faits énoncés, tels
par exemple, que d'être fufpenduë en l'air
fans tenir à rien, &c. & que la nature toute feule, en fanté ou en maladie ne les peut
produire, en foi de quoi adhérant aux quatre articles extraits par nos Confreres Mrs.
ANDRY, & WINSLOW fans rien déci-
der fur les autres articles, nous avons fi-
gné. A Paris ce 7. Mars 1735.

CHOMEL Confeiller Médecin ordinaire
du Roy, Affocié Véteran de l'Academie
Royale des Sciences, & Docteur Regent
de la Faculté de Médecine de Paris.

CHOMEL, fils, Docteur Régent de la
Faculté de Paris.

LE Conseil suppofant la verité des faits
énoncés dans le prefent Mémoire, répond qu'il ne paroît pas y avoir lieu de douter que les perfonnes au fujet defquelles
on confulte, ne foient véritablement poffedées : car quoiqu'il y ait quelques faits
qui pourroient abfolument s'expliquer d'u-
ne maniere naturelle & Phyfique, on eft
obligé de reconnoître qu'il y en a un grand
nombre au-deffus des regles ordinaires; &
qu'on ne peut attribuer qu'à quelque
caufe fupérieure, telle que le Démon. En
effet parmi ces faits il s'en trouve plufieurs
que les Rituels fans en excepter ceux qui
ont été publiés dans ces derniers tems, donnent pour une preuve certaine & affurée
de poffeffion. Telle eft par exemple l'obéïf-
fance prompte au commandemens interieurs
qui ne font pas manifeftés par aucun figne
extérieur: tel eft auffi celui de demeurer fuf-
pendu quelque tems en l'air fans appui
ni foutien; ou bien n'étant appuyé que par
une extrêmité de quelque partie du corps,
demeurer en cet état fans tomber, quoique le refte du corps foit panché, courbé,
& entiérement hors de la ligne de direction;
ce qui eft contraire à toutes les regles de
Phyfique, &c. C'eft pourquoi on ne craint
point de dire que de la totalité de ces faits, il

en réfulte une preuve complette & éviden-
te que les perfonnes qui donnent lieu à la
préfente confultation , font réellement poffedées. Il feroit donc ridicule de vouloir
contefter la verité de la poffeffion , parce
que quelques uns des faits rapportés dans
le préfent Mémoire , peuvent abfolument
être regardés comme naturels, & parce qu'ils
peuvent fe rencontrer dans des perfonnes
qui ne font ni poffedées , ni obfedées ; car
pour autorifer une pareille prétention dans
le cas préfent, il faudroit prouver que ces
mêmes faits ne peuvent jamais fe rencontrer dans des perfonnes poffedées ; auquel
cas on feroit très bien fondé à conclure
qu'une perfonne en qui on remarque ces
opérations, n'eft pas poffedée de l'efprit malin , puifque ces operations , comme on le
fuppoferoit , font incompatibles avec la
poffeffion. Or il eft faux que ces effets ne
puiffent fe rencontrer dans les poffedés ;
car des relations très fidéles atteftent qu'on
les a remarqués dans des gens dont la poffeffion étoit certaine. D'ailleurs les Rituels
marquant que ces effets ne font pas une
preuve affurée de poffeffion, ont par là même fuppofé qu'ils pouvoient fe trouver dans
des poffedés, puifqu'ils ne les auroient pas
mis au rang des fignes équivoques, s'il étoit

impoſſible qu'ils ſe trouvaſſent dans les perſonnes tourmentées par le démon ; à quoi il
faut ajoûter que les opérations du Démon
dans ceux qu'il poſſede, ne ſont pas toutes
extraordinaires & au-deſſus de la nature ;
car ſi cela étoit, il ne ſeroit pas ſi difficile
de diſcerner les véritables & les fauſſes poſſeſſions. Il faut donc ſeulement conclure
que leſdits effets ſont des ſignes douteux,
qui étant ſeuls ne peuvent former dans la
queſtion preſente une démonſtration & une
preuve complette. Mais on ne peut ſans
s'écarter des régles communes du raiſonnement s'en ſervir pour conteſter d'autres faits
qu'il n'eſt pas poſſible d'attribuer aux cauſes ordinaires : & ce ſeroit renverſer
toutes les régles du bon ſens que d'attaquer
un fait certain par un fait douteux & d'une
autre eſpece, puiſqu'il n'y a aucune liaiſon
entre deux faits de differente eſpece, & que
l'incertitude de l'un ne peut affoiblir la certitude de l'autre.

En ſecond lieu, on ne peut nier ſans
impieté qu'il puiſſe y avoir des poſſedés,
puiſque l'Egliſe a établi des prieres pour les
éxorciſmes. Or la même Egliſe qui a prefcrit & réglé la forme de ces prieres, a auſſi donné les marques auſquelles on peut reconnoître les véritables poſſeſſions. Puis

donc que ces marques se trouvent ici réü-
nies , on en doit conclure la possession des
personnes dont il s'agit dans le cas present ;
autrement il faut dire que l'Eglise s'est trompée en rapportant ces signes & les donnant
pour preuve d'une veritable possession. Car
ce n'est pas un , deux ou trois Rituels qui
donnent ces marques de possession ; mais ce
sont les Rituels de toutes les Eglises , &
on défie d'en citer un seul, qui y soit contraire. On est donc obligé de s'en tenir à
ces régles , & de faire en conséquence les
prieres prescrites. Mais quand bien même
on supposeroit pour un moment que ces signes de possession rapportés par les Rituels,
ne sont pas des signes certains , on ne peut
par respect pour l'Eglise , se dispenser de les
regarder au moins comme douteux & équivoques. Or puisque l'Eglise juge qu'en conséquence de ces signes , on peut & on doit
faire les éxorcismes , peut-on en conscience se dispenser de les faire , lorsque les personnes qui sont affligées , ou celles à qui
elles appartiennent , ont recours au minis-
tére Ecclesiastique . Non certainement ;
l'Eglise n'a point reglé les prieres qu'on doit
faire en cette occasion pour ne les jamais
faire : comme elle a reçû de Jesus-Christ ,
son Epoux , le pouvoir de chasser le Dé-

mon des corps qu'il poſſede ou obſede, ſon intention eſt qu'on en faſſe uſage , lorſque l'occaſion s'en preſente : & l'occaſion s'en preſente, ſelon elle , lorſqu'elle apperçoit dans
les perſonnes affligées les marques qu'elle
donne pour reconnoître les véritables poſſeſſions. Concluons donc de tout ceci, que
d'un côté les perſonnes affligées au ſujet
deſquelles on conſulte , ou leurs parens
doivent avoir recours aux prieres de l'E-
gliſe pour leur procurer le ſoulagement néceſſaire, & que d'une autre part, les Miniſtres
Eccleſiaſtiques ne peuvent en conſcience
refuſer leur miniſtere à des ames Chrétiennes tourmentées & affligées cruellement par
le Démon contre lequel elles ne doivent
point employer d'autres moyens que ceux
que l'Egliſe a établis. *Suppoſita neceſſitate ho-*
minis à Dæmone obſeſſi , vel aliâ ſimili , dit
Suarez tom. 2. de Relig. lig. 4. de adjur.
cap. 4. n. 4. *miniſtri Ecclesiæ . . . tenentur*
ſubvenire neceſſitati ſuorum fidelium per reme-
dia convenientia & ab Eccleſiâ inſtituta. Unum
autem ex remediis pro illâ gravi neceſſitate deſ-
tinatum ab Eccleſiâ eſt , Exorciſmus. Ce ſeroit donc une dureté inexcuſable devant
Dieu & devant les hommes de refuſer dans
une pareille occaſion les ſecours que l'E-
gliſe a établis pour ceux qui ſont dans un

fi trifte état. On ne doit pas même fe contenter de faire les Exorcifmes ; mais on doit aufli , eû égard aux difpofitions des perfonnes les faire aprocher fouvent des Sacremens de Pénitence & d'Euchariftie conformément à la pratique ancienne de l'Eglife qui accordoit à ceux que le Démon affligeoit , la participation aux facrés Mifteres , comme le rapporte Caffien. *Olleat. 7. Cap. 30. Communionem eis (energumenis) Sacro Sanctam à fenioribus noftris nunquam meminimus interdictam : quin immò fi poffibile effet etiam quotidiè eis impertiri eam debere cenfebant.... quæ ab homine percepta eum qui in membris ejus infidet , fpiritum , feu in ejus corpore latitare cognofcitur , velut quoddam exurens fugat incendium.* Pratique confirmée par le premier Concile d'Orange qui dans le 14ᵉ. Canon dit : *energumeni baptifati , fi de purgatione fuâ curant , & fe follicitudini Clericorum tradunt , monitifque obtemperant , omnimodo communicent , facramenti ipfius virtute , vel muniendi ab incurfu dæmonii quo infeftantur , vel purgandi , &c.* Ce qui eft aufli conforme à la doctrine de Saint Thomas, comme on peut le voir dans fa fomme 3. part. quæft. 80. art. 9. ad. 2. & à ce que prefcrivent la plufpart des Rituels. Mais avant que de rien entreprendre , il faut s'adreffer

aux Superieurs pour en obtenir les per-
miffions néceffaires que leur pieté & leur
charité ne leur permetront pas de refufer.
Déliberé en Sorbonne ce 13. Mars 1735.

LE MOINE, SENIOR *de la Maifon & Societé de Sorbonne.*

PICARD, *Docteur de la Maifon & Société
de Sorbonne.*

DE ROMIGNY, *Docteur de la Maifon &
Societé de Sorbonne, Syndic de la Faculté,
Chanoine de Notre-Dame, & Vicaire Géne-
ral de Paris.*

BRILLON DE JOUY, *Docteur de la
Maifon & Societé de Navarre, Curé de
Sainte Opportune.*

SAINT AUBIN, *Docteur de la Maifon &
Societé de Sorbonne, Profeffeur.*

MACHET, *Docteur de la Maifon & Societé de Sorbonne, Profeffeur.*

VAUGAN, *Docteur de la Maifon & Societé
de Sorbonne, Profeffeur.*

BOUQUET, *Docteur de la Faculté de Sorbonne, Principal du College de Bayeux.*

FR. DE LATENAY, *Religieux Carme,
Docteur de la Faculté de Paris, ancien Af-
fiftant du Général, Qualificateur du Saint
Office, Confulteur de la Sacrée Congregation
de l'Index, &c.*

FR. GASTAING, *Religieux Carme, Docteur
de la Faculté de Paris*, *ancien Provincial
& ancien Professeur.*

FR. DE AMICIS, *Jacobin, Docteur de la
Faculté de Paris, premier Professeur.*

FR. BRASSELART, *Jacobin, Docteur
de la Faculté de Paris, Professeur.*

On ne peut rien voir de plus décisif en faveur de la réalité de cette possession que ces
réponses de Mrs. les Docteurs de Sorbonne & de Médecine. On voit dans celle des
premiers 1°. Que l'état qu'on leur expose
tel qu'il est rapporté dans les Articles ci-
dessus, est déclaré une vraye possession du
Démon, parce qu'il y a un grand nombre
de ces faits qu'on ne peut attribuer qu'à
une cause surnaturelle, telle qu'est le Démon, & que les Rituels donnent pour preuves certaines & assurées de possession, autrement qu'il faudroit dire que l'Eglise se
feroit trompée en donnant ces marques pour
telles. 2°. Quoiqu'on pût expliquer naturellement plusieurs de ces faits, qu'il feroit
ridicule de vouloir en conclure que tous les
autres fussent pareillement naturels, puisqu'on ne conclud point d'un fait à un autre, & de differentes especes, & que l'incertitude de l'un ne peut affoiblir la certitude de l'autre, d'autant plus qu'il n'est

point de l'Effence d'une Poffeffion que la
perfonne poffedée ne faffe rien qui ne foit
abfolument furnaturel, & que cela feroit
même contre l'interêt du Démon, qui ne
fe découvre qu'avec la derniere difficulté,
pour ne fe pas faire chaffer de fa demeure.
3°. Que les Superieurs ne peuvent en confcience refufer les prieres de l'Eglife à ces
affligées, dès qu'on trouve en elles les marques qu'elle demande pour juger que leur
état vient du Démon, quand même par impoffible ces marques ne feroient pas parfaitement inconteftables. Autrement que ce
feroit fe rendre juge de la conduite de l'Eglife même, qui prefcrit d'appliquer fes prieres dans ces fortes de cas, & que ce feroit
une dureté inexcufable devant Dieu & devant les hommes de les leur refufer dans
un fi trifte état. 4°. Qu'on ne doit pas fe
contenter de faire les exorcifmes fur ces
perfonnes ; mais qu'on doit encore les faire approcher des Sacremens de Pénitence
& d'Euchariftie, eû égard à leurs difpofitions, conformément à la pratique ancienne de l'Eglife au rapport de Caffien, à ce
qu'en prefcrivent le Concile d'Orange & les
Rituels, & felon la doctrine de Saint Thomas. Voilà tout ce que l'on pouvoit defi-
rer des lumieres & du zéle de cet illuftre
corps

corps fur tous les chefs de confultation ; & qui acheve de mettre cette poffeffion dans la derniere évidence.

Quoique la réponfe de Mrs. les Médecins ne comprenne que quatre articles en particulier de tous ceux fur lefquels ils auroient pû porter leur jugement, qu'ils déclarent paffer les forces de la nature, & ne pouvoir être attribués à aucune caufe Phifique en fanté & en maladie ; ce n'eft pas qu'ils ayent abfolument regardé les autres comme purement naturels ; Ils le font même affez fentir en declarant en même tems *qu'ils ne prétendent rien décider fur les autres articles qui peuvent être du reffort de la Phifique & de la Médecine.* Mais leur but a été feulement, & on le fçait de leur bouche, de ne choifir parmi ce grand nombre de faits, que ceux qui feroient les plus inconteftables pour ne point donner aux incredules, aucune prife fur leur jugement. Ce qui ne leur auroit pas, au refte, été fi facile ; car coment pouvoir expliquer avec bon fens, que les alimens en touchant fimplement les mains les lévres, & les dents d'une des Affligées, peuvent la faire tomber en fyncope, & tout le refte de cet article ? Comment une autre peut-elle vivre depuis trois ans fans rien retenir de ce qu'elle prend, ou n'en rete-

D

nir que de la façon qu'on l'a expliqué ? Comment former les abboys des plus gros chiens dans le temps de la privation de toute connoiffance & de tout fentiment & le corps dans la plus grande contrainte ? Comment pouvoir être infenfibles dans leurs fyncopes au point de fouffrir une brûlure très profôde fans les pouvoir faire revenir, au lieu qu'on les fait revenir fubitement par la feule approche des Reliques & de l'Eau benîte ? Comment conferver un poulx le plus reglé au milieu des plus grandes agitations pendant que cela eft contraire aux loix de la nature, & qu'il n'eft plus tel dans de moindres actions, hors de cet état, &c. Comment pouvoir fe lancer par le volet d'une porte à peine affez large, le corps étendu horifontalement fans s'appuyer à rien & ne point tomber de l'autre côté ? comment enfin pouvoir fe tenir fur le bout des pieds fur une fenêtre les doigts pofez feulement fous le linteau fuperieur très uni, tout le corps dehors & en l'air fans tomber, malgré tous les élancemens, pour fe précipiter. On raportera pour réponfe, ou quelques faits pareils ou qui en approchent, mais en les fupofant même véritables avant de pouvoir en rien conclure, il faudroit commencer par prouver que ces faits fuf-

fent purement naturels, ce que l'on feroit très-embaraffé de faire, ce qui fait conclure au contraire, que les perfonnes en
qui on peut les avoir remarqués, étoient
felon toute apparence dans le même état
que celles dont il eft queftion aujourd'hui;
& comme il eft évident que celles-ci font
réellement poffedées, que les auttes l'é-
toient pareillement; ainfi ce ne font point
de pareils faits équivoques & non exami-
nez qu'il faut citer pour prouver le natu-
ralifme d'autres faits, mais des raifons &
& des principes folides.

Pour achever de prouver cette poffeffion,
on produit celle de Mademoifelle Thevenet de Corbeil, que M. l'Archevêque de
Paris fit conftater au commencement de
Novembre dernier, par M. Robinet fon
Grand-Vicaire, & dont l'information fe
trouve à la fin de la treifiéme Lettre de D.
de la Tafte, contre les convulfions. Cette poffeffion eft tellement inconteftable,
que perfonne n'a encore ofé jufqu'ici l'attaquer. Cependant il eft évident que ce
que l'on remarque dans cette poffeffion de
plus frappant & de plus convainquant eft
au-deffous de ce que l'on voit dans celles
de Landes, foit pour la nature & le nombre des faits, foit pour leur autenticité.

En effet, tout ce que l'on remarque de plus fenfible dans la poffeffion de Corbeil, fe réduit à huit faits, qui font, que cette Demoifelle s'eft élevée à fept à huit pieds dans le jardin & jufqu'au plancher dans fa chambre, & qu'elle a enlevé fon frere & fa garde jufqu'à trois pieds ; que fes juppes fe font repliées par-deffus fa tête, quoiqu'elle s'élevât de bout en l'air ; qu'elle s'eft élevée dans le lit avec fa couverture jufqu'à trois & quatre pieds, de la même façon qu'elle étoit couchée, c'eft-à-dire, le corps étendu horifontalement ; que fes mamelles fortant de fon corps, fe font torduës & entortillées comme fi on l'avoit fait avec la main ; qu'elle a pénétré dans l'interieur de fa fervante, un Acte de renonciation, à ce qu'elle lui propofoit, & fçû les prieres qu'on faifoit pour elle fans en avoir entendu parler ; qu'elle s'eft aperçûë qu'on avoit changé l'eau où elle avoit mis de la terre du tombeau de M. Paris, qu'elle buvoit, au lieu de laquelle on avoit mis de l'eau benîte à fon infçû ; qu'elle a recité plufieurs propofitions du P. Quefnel, & le fens de ces propofitions qu'elle n'avoit jamais apprifes ni lûës ; enfin, que fes agitations étoient fi grandes, qu'un homme n'a pû lui arrêter un bras, quoiqu'elle foit d'un

tempéramment foible & délicat. Or tous
ces faits tout éclatant qu'ils foient, font
encore au-deſſous de ce qui ſe paſſe dans
les Affligées de Landes, comme on le peut
voir par tous les Articles ci-deſſus, & particulierement dans le 1. 2. 3. 4. 17. 18. 31.
36. 37. 38. 39. & 40. D'ailleurs au lieu
d'une fois qu'on a vû arriver dans Mademoiſelle Thevenet la plûpart de ces faits,
& les autres deux ou trois fois ſeulement,
dans l'eſpace de trois jours, qu'a duré le
fort de ſa poſſeſſion, on ne ceſſe de voir
depuis près de trois ans dans les Affligées
de Landes tout ce qu'on en rapporte, à
l'exception de quelques faits que l'on a vû
arriver plus rarement. Voilà donc une difference extrême entre ces deux poſſeſſions,
& pour la nature des faits & pour le nombre ; elle ne l'eſt pas moins pour leur autenticité.

M. l'Achevêque de paris ayant appris que
Mademoiſelle Thevenet étoit tombée dans
un état déplorable qui avoit duré pluſieurs jours, pour avoir invoqué Monſieur Paris, envoya Monſieur Robinet ſur
le lieu pour en informer. Ce Grand-
Vicaire reçoit pendant trois jours les dé-
poſitions de huit perſonnes, ſçavoir de Mademoiſelle Thevenet poſſedée, de Mrs. ſon

pere & son frere , de Mrs. l'Abbé de Corbeil & le Deſſervant la Cure de S. Martin,
d'un Vigneron , d'une Garde & d'une Servante de cette Affligée ; ſans avoir vû par
lui-même aucun des faits dont on dépoſe,
au lieu que M. de Bayeux a employé par
quatre differentes fois, juſqu'à vingt Commiſſaires Ecclefiaſtiques ſucceſſivement , &
quatre Médecins pour examiner l'état des
Affligées de Landes , & qui y ont paſſé
tous un temps conſiderable. Il les a examinées lui-même avec Mrs. ſes Grands-Vicaires par quatre autres fois , dont du
tout il eſt dreſſé par ce Prélat & ſes
Commiſſaires, quatre Mémoires Journaux
& deux Certificats , d'où l'on tire preſque
tout ce que l'on rapporte dans les quarante Articles ci-deſſus. Voilà donc encore
ici quelque choſe de bien plus autentique
qu'à Corbeil , puiſqu'on y voit huit examens ou huit informations pour une; vingt-
quatre Commiſſaires pour un , joints à M.
de Bayeux & à Mrs. ſes Grands-Vicaires,
& tous témoins oculaires de ce qu'ils rapportent dans leurs Mémoires & Certificats.
D'ailleurs , ce qu'il y a de plus frappant
dans Mademoiſelle Thevenet , tel que les
ſix premiers faits ci-deſſus , ne ſe trouve
vû & rapporté que par M. ſon frere, une Gar-

de & une Servante. Ce qui doit au refte
fuffire , parce qu'il n'eft point ici queftion,
d'une affaire contentieufe & rigoureufe ,
où la Loi ne fe contente pas d'un pareil
témoignage , mais feulement de quelques
accidens extraordinaires, fur lefquels le raport des parens , des gardes & des domeftiques , eft des plus recevables ; au lieu que
M. de Bayeux & Mrs. fes Grands-Vicaires & Commiffaires font eux-mêmes témoins des trois quarts au moins des faits
contenus dans les quarante Articles ci-deffus , & même de ce qu'il y a de plus confiderable & de plus concluant. Ainfi pour
donner atteinte à cette horrible poffeffion,
il faudroit commencer par renverfer
celle de Corbeil , que Dieu paroît n'avoir
permife que pour faire triompher la vérité
& détruire le culte le plus fuperftitieux ;
encore n'en feroit-on pas plus avancé, par
toutes les raifons qu'on vient d'expofer.

La poffeffion de Landes étant donc des
plus inconteftables pour le droit & pour
le fait , on efpere que Monfieur de
Bayeux , qui paroît n'avoir reculé que
pour en faire éclater davantage la vérité,
accordera enfin à ces pauvres Affligées, un
fecours qu'il n'a entre les mains que pour
leur diftribuer , & qu'il ne les mettra pas

non plus que leurs parens & les autres parties : ou dans l'occaſion de s'abandonner
au deſeſpoir, ou dans la néceſſité de s'expliquer davantage ſur cette affaire.

AD MAJOREM DEI GLORIAM.

M. DCC. XXXV.

JUGEMENT

De Noſſeigneurs les Archevêques, Evêques,
Docteurs de Sorbonne, & autres Sçavans
Députés par le Roy, ſur la prétenduë poſ-
ſeſſion des Filles d'Auxonne.

NOUS ſouſſignez, ayant entendu le
recit qui nous a été fait par Monſeigneur l'Evêque de Challon-ſur-Saone, de
ce qui s'eſt paſſé en ſa preſence dans la vi-
ſite & les exorciſmes auſquels il a vacqué
pendant quatorze jours, par l'ordre du
Roy & la Commiſſion de Monſeigneur
l'Archevêque de Beſançon, de pluſieurs
filles tant Religieuſes que ſéculiéres, qui
paroiſſent vexées & travaillées du mauvais
eſprit en la Ville d'Auxonne, aſſiſté de plu-

fieurs Eccléfiaftiques par lui choifis , Perfonnes de mérite & de probité , & du fieur
Morel ancien Médecin de la Ville de Challon , connu par fa doctrine & fon experience ; tous lefquels font convenus dans
le même fentiment , après que ledit Seigneur Evéque nous a rapporté :

1°. Que toutes lefdites filles , qui font
au nombre de dix-huit , tant féculieres que
régulieres , & fans en excepter une , lui ont
paru avoir le don de l'intelligence des langues , en ce qu'elles ont toûjours répon-
du fidelement au latin qui leur étoit pro- *Intelligen-*
noncé par les Exorciftes qui n'étoit point *ce des lan-*
emprunté du Rituel , & encore moins con- *gues.*
certé avec eux : fouvent même elles fe font
expliquées en latin , quelquefois par des
périodes entieres , quelquefois par des difcours achevez : Qu'une d'entr'elles nommée Anne l'Ecoffois dite de la Purification ,
l'un des Exorciftes lui parlant en Irlandois , a témoigné l'entendre fort bien ,
& le lui a expliqué en langue françoife par
plufieurs fois.

2°. Que toutes , ou prefque toutes , ont
témoigné avoir connoiffance de l'interieur
& du fécret de la penfée , quand elle leur *Connoif-*
a été adreffée ; ce qui a paru particuliére- *fance des*
ment dans les commandemens interieurs qui *penfées les*
plus fécret-
tes.

leur ont été faits très-fouvent par les Exorciftes en diverfes occafions , aufquels elles ont obéï très-exactement pour l'ordinaire , fans que les commandemens fuffent
exprimez ni par paroles , ni par aucun figne exterieur , dont ledit Seigneur Evêque a fait plufieurs experiences ; entr'autres en la perfonne de Denife Parifot, fervante du Lieutenant Géneral d'Auxonne,
* à laquelle ayant fait commandement dans
le fond de fa penfée de venir le trouver pour
être exorcifée, elle y eft venuë incontinent,
quoique demeurante dens un quartier de
la Ville affez éloigné, difant audit Seigneur
Evêque qu'elle avoit été commandée par
lui de venir, ce qu'elle a fait plufieurs fois,
& encore en la perfonne de la Sœur Marguerite Jamin , dite de l'Enfant-Jefus , no-
vice, qui en fortant de l'xorcifme, lui dît
le commandement intérieur qu'il avoit fait
au démon pendant l'exorcifme, & en la perfonne d'Humberte Borthon , dite de S.
François , à laquelle aïant commandé men-
talement au plus fort de fes agitations de
venir fe profterner devant le Saint Sacre-

---

* Il eft vifible que tous les commandemens énoncés dans cette Confultation , que les Exorciftes faifoient à ces poffedées,
étoient adreffés directement au démon ; ce qui n'a pas été
affez exactement exprimé dans cet Ouvrage , foit par inadvertance , foit par la maniere de parler de ce tems-là.

ment, le ventre contre terre & les bras
étendus, elle executa le commandement au
même inftant qu'il eut été formé, avec une
promptitude & une précipitation toute extraordinaire, les autres Ecclefiaftiques qui
avoient l'honneur d'affifter ledit Seigneur
Evêque, felon qu'il nous l'a raporté, en a-
yant tiré des preuves femblables tous les
jours par plufieurs fois, cette experience
étant fort commune chez eux, & cette
pratique ordinaire pour les faire obéïr.

3°. Qu'elles ont prédit en diverfes occafions les chofes qui devoient arriver, particulierement touchant les malefices & les *Prédictions.*
forts qui fe doivent trouver, non feulement
en divers lieux du Monaftere où ils ont été
trouvés en effet, mais encore dans les corps
des autres filles aufquelles elles n'avoient pas
parlé, qui les ont rendus & vomis à l'heure précifément que les premiéres avoient
marqué, (les démons, felon qu'il paroît,
fe détruifant ainfi les uns les autres à leur
confufion.) Quelquefois elles ont découvert
audit Seigneur Evêque & à quelques-uns
des Ecclefiaftiques, des particularités fort
fécrettes touchant fes affaires domeftiques,
& le tems du voïage qu'il étoit obligé de
faire à Paris, que lui-même ne connoiffoit
pas encore, ce qui s'eft trouvé très véri-

table par l'évenement, quoique l'un & l'autre ne pût être connu par foupçon, ni par
conjectures.

4°. Qu'elles ont prefque toutes univer-
fellement témoigné, fur-tout dans la chaleur de leurs agitations, une grande averfion des chofes faintes, particuliérement
dans les Sacremens de Pénitence & d'Euchariftie, étant néceffaire fouvent d'emplo-
ïer plufieurs heures pour en conceffer une,
à caufe des réfiftances extrêmes & des cris
dont leurs confeffions font interrompuës,
& qu'on ne furmonte qu'à force d'imprécations & de commandemens au démon.
Avant la Communion, elles étoient fai-
fies de convulfions & de mouvemens, apparemment involontaires ; dès qu'elles a-
voient reçû la fainte Hoftie, elles faifoient
des cris & des hurlemens effroïables, fe
roulant par terre, la fainte Hoftie demeurant toujours fur la pointe de la langue
qu'elles avançoient & retiroient horrible-
ment au commandement de l'Exorcifte,
fans faire néanmoins aucune injure ou ir-
reverence au S. Sacrement, quelquefois
l'efpace d'une demie-heure plus ou moins,
& quand les Efpeces étoient avalées, la
fille demeuroit tranquille dans le moment
& fans mémoire de tout ce qui s'étoit paf-

*Averfion
des chofes
faintes.*

fé : Qu'elles ont témoigné des répugnances & des fureurs extraordinaires à l'approche des Reliques des Saints, qu'elles ont souvent reconnuës & nommées tout haut sans les avoir apperçûes, & sans en avoir rien appris : Que presque toutes (Monseigneur aïant quelquefois imposé fécretement les mains, & sans qu'elles puiffent le connoître) ont témoigné le fentir , en criant que cette main leur étoit infuportable, & qu'elle étoit pefante , qu'elles en étoient brûlées. Que dans la chaleur des exorcifmes, & fur-tout pendant la fainte Meffe , elles ont fouvent proferé des blafphêmes & des exécrations fi horribles & fi fréquentes contre Dieu & fa Sainte Mere , qu'il étoit impoffible de les oüir fans frayeur, & qui ne peuvent fortir vraifemblablement que de la bouche du démon.

5°. Qu'étant preffées de donner des marques furnaturelles pour juftifier la prefence du démon, elles femblent y avoir obéi, entre autres une nommée Denife Parifot fervante , commandée par Monfeigneur de faire ceffer le poulx entierement au bras droit, pendant qu'il battoit au gauche , & puis transferer le battement du bras gauche au bras droit , pendant qu'il cefferoit au gauche , elle l'a executé ponctuellement

Fureur à l'approche des Reliques. Diftinction des Reliques

Blafphêmes.

Ceffation de poulx.

en préfence du Médecin qui l'a reconnu & dépofé, & de plufieurs Eccléfiaftiques: Que la Sœur de la Purification a fait la même chofe deux ou trois fois, l'une & l'autre pleine de fanté, agiffant & parlant à fon ordinaire, le faifant battre & ceffer félon qu'il lui étoit commandé par l'Exorcifte: Que la Sœur Marguerite Jamin, dite

Gonflement de la poitrine.

de l'Enfant-Jefus, à fait la même chofe, & qu'au commandement de l'Exorcifte aïant fait enfler fa poitrine d'une groffeur monftrueufe, au feul commandement accompagné du figne de la Croix, elle defenfla au même inftant, & cela par trois fois, ávec un effet furprenant & auffi prompt que la parole : Que la Sœur Lazare Arivey, dite de la Réfurrection, vint à l'un des Eccléfiaftiques, portant dans fa main un affez long-tems un charbon de feu tout allumé & fans en témoigner aucun fentiment, & plufieurs autres effets de pareille nature qu'il feroit difficile de rapporter.

6°. Qu'au fimple commandement de l'Exorcifte elles ont paru quelquefois dans une infenfibilité prodigieufe, & entr'autres la nommée Denife, Monfeigneur ayant fait

Sufpenfion de fenfations

commandement au démon de fufpendre les fens de la fille, enforte qu'elle ne fentît aucune douleur, & ayant déclaré qu'elle

étoit en cet état, une épingle lui fut enfoncée par le Médecin dans le doigt au
lieu où s'attache le haut de l'ongle, qu'il
difoit être le plus fenfible, elle témoigna
n'en rien fentir du tout ; qu'étant commandée d'arrêter le fang, l'épingle fut re-
tirée de la playe fans tirer de fang ; étant
commandée de le laiffer couler, il coula
auffi-tôt avec abondance ; & après que le
commandement lui eut été fait encore de
l'arrêter, il ceffa de couler ; ce qui fut
encore fait quelques jours après en la
perfonne de la Sœur de la Purification, la
peau du bras lui ayant été percée de part en
part par une éguille enfoncée jufqu'à la tête dans les doigts, fans qu'il y parût ni de
douleur ni de fang, & fans que la fille parût ni malade ni affoupie, mais parlant &
preffant les affiftans d'employer le fer & le
feu, proteftant de n'en rien fentir abfolument : Que quelques-unes d'entr'elles, particulierement la Sœur de la Purification,
ayant été empêchée de fortir du Monaftere,
une nuit qu'elle devoit être enlevée au Sabat, felon que les autres avoient affuré
dans l'Exorcifme les jours précédens, dans
l'heure même de cette affemblée prétenduë,
elle étoit tombée tout d'un coup dans une

*Epingle en-
foncée.*

*Eguille en-
foncée.*

espece d'assoupissement & d'insensibilité merveilleuse qui avoit duré cinq quarts d'heure & plus, alienée de tous ses sens, sans
mouvement, sans parole & sans connoissance, les bras croisés sur la poitrine, &
si roides qu'il fut impossible de les ouvrir,
& les yeux fermés & puis ouverts,
mais fixes & arrêtés & sans rien voir, selon qu'il paroissoit en ce que passant les
mains elle ne silloit point les paupieres, telle qu'une personne morte ou privée de l'u-
sage de tous les sens ; qu'étant revenuë de
cette extâse, elle disoit avoir été transportée au Sabat en esprit, & disoit tout ce qu'elle y avoit vû. *

7°. Qu'elles ont parû jetter souvent du fond
de l'estomach, après plusieurs heures de conjurations & d'exorcismes, de certains corps
étrangers, qu'ils appellent des forts & des
malèfices de differente espece, des morceaux de cire, des ossemens, des cheveux,
des cailloux d'une grosseur & d'une taille

Marginal notes: Assoupisse-ment. / Roideur des bras. / Regard fixe. / Corps étran-gers.

* La prédiction que le démon fit de ce Sabat par la bouche de ces possedées, les effets qu'il causa sur le corps & les
sens de celle-ci, & les impressions qu'il fit sur son imagination
de ce qu'elle disoit y avoir vû [si ce n'étoit pas lui encore qui
parloit par sa bouche en le racontant] ne furent qu'un stratagême
de cet esprit rusé, pour faire illusion aux Exorcistes & aux assistans,
& affermir par là davantage l'incredulité sur ces execrables
Assemblées ; par conséquent on ne peut rien conclure de cet
article contre leur réalité.

qu'il

qu'il eſt mal-aiſé de croire qu'ils puiſſent paſſer par la gorge naturellement, comme nous l'avons jugé, nous ayant été repreſentés, tel ſe trouvant plus large & plus épais qu'un écu blanc : Que la nommée Deniſe entre autres, après trois heures d'exorciſmes & de violences extraordinaires, avoit jetté par la bouche une grenouille ou crapaut vivant de la largeur de la palme de la main, qui fut brûlé au même tems.

Crapaut vomi.

8°. Que les démons, dont les filles ſe diſoient poſſedées, preſſés de ſortir par la voye des exorciſmes en la preſence du S. Sacrement, ont paru donner des ſignes ſurnaturels & convaincans : qu'ayant reçû commandement de ſortir de la nommée Deniſe, & pour ſigne de caſſer une vitre qui leur fut montrée du doigt par mondit Seigneur, la fille fut délivrée & la vitre caſſée en effet : Que la Sœur Humberte Borthon, dite de Saint François, ſe trouva abſolument & entiérement guérie du jour de la préſentation de la Vierge 1661. & pour marque de ſa délivrance, jetta par la bouche un taffetas plié, dans lequel paroît écrit en lettres rouges le nom de *Marie*, & quatre autres capitales qui marquoient les noms de S. Hubert & du B. François de Sales : Que la Sœur dite de la Purifi-

Vitre caſſée.

Taffetas vomi.

E

cation avoit été délivrée de plusieurs démons le jour de S. Gregoire le Taumaturge, & pour signe de cette grace, rendit par la bouche un morceau de drap dans un cercle de cuivre, dans lequel étoit écrit

Drap dans du cuivre.

le nom de *Gregorius* : Que le même jour de la Présentation, la Sœur de la Purification, pour marque d'une autre délivrance de plusieurs démons chassés de son corps, dans le commencement de l'exorcisme, fit paroître dans un instant sur son bandeau

Ecriture en gros caractere.

en gros caracteres comme de sang, *Jesus*, *Marie*, *Joseph*, ce bandeau ayant été vû tout blanc par les Exorcistes, un moment auparavant.

Convulsions violentes.

9°. Que parmi les mouvemens & postures violentes dont elles sont agitées pendant l'exorcisme, quelques-unes ont paru si extraordinaires, qu'elles ont été jugées passer non-seulement le pouvoir d'une fille, mais encore les forces de la nature : Que la Sœur Borthon, dite de S. François, commandée d'adorer le S. Sacrement, s'est

Corps posé sur l'estomach.

prosternée touchant la terre de la pointe de l'estomach, la tête, les pieds, les mains, aussi-bien que le reste du corps portés en l'air : Que la Sœur de la Résurrection a

Corps en cercle.

fait la même chose ; qu'elle y a paru quelquefois prosternée tout le corps plié com-

me un cercle, enforte que la plante de fes
pieds venoit lui toucher au front : Que les
nommées Conftance & Denife ont été vûës
quelquefois renverfées contre terre, qu'elles touchoient feulement du fommet de la
tête & de la plante des pieds, tout le refte du corps en l'air, & marcher en cet état:
Que toutes ou prefque toutes demeurant
à genoux & les bras croifés fur l'eftomach,
fe font courbées en arriere, de forte que
le haut de la tête alloit joindre la plante
des pieds, la bouche venoit baifer la terre,
& former de la langue un figne de croix
fur le pavé : Que quelques-unes, entr'autres la Sœur Catherine, dans l'exorcifme
avoit paru la tête renverfée, les yeux ouverts, enforte que la prunelle s'étant reti-
rée abfolument fous la paupiere fuperieure,
on ne voyoit que le blanc des yeux, perdant
apparemment l'ufage de la vûë dans ce moment, ce qui étoit effroyable à voir : Que
la nommée Denife, qui paroît jeune & in-
firme, étant agitée, a pris avec deux doigts
un vafe d'une efpéce de marbre rempli d'eau
benite, fi pefant que deux perfonnes des
plus robuftes auroient peine de le foulever,
& tiré de fon pied-d'eftal, l'a renverfé par
terre avec autant de facilité qu'elle auroit
eûë pour un morceau de pierre : Qu'il leur

Corps en arc.

Vûë égarée.

Tranfport d'un vafe de marbre.

E 2

est arrivé souvent aux unes & aux autres dans la chaleur de leur transport de fraper de la tête contre la muraille ou sur le pavé plusieurs fois, par des coups si violens & si rudes, qu'apparemment elles en devoient être offensées avec effusion de sang, sans qu'il ait paru ni meurtrissure, ni contusion, ni marque.

Coups de tête contre les murs.

10°. Que de toutes ces Filles qui sont de differentes conditions, il y en a de séculieres, de novices, de postulantes, de professes ; il y en a de jeunes, il y en a qui sont agées ; quelques-unes sont de la ville, les autres n'en sont pas, quelques-unes sont de bonne condition, d'autres de basse naissance ; quelques-unes riches, d'autres pauvres & de moindre condition : Qu'il y a dix ans ou plus que cette affliction est commencée dans ce Monastere ; qu'il est mal aisé que depuis un si long-tems un dessein de fourberie & de friponnerie pût conserver le sécret parmi des filles en si grand nombre, de conditions & d'interêts si differens ; Qu'après une recherche & une enquête la plus exacte, ledit Seigneur Evêque n'a trouvé personne, soit dans le Monastere, soit dans la Ville, qui ne lui ait parlé avantageusement de l'innocence & de la régularité, tant des filles, que des Ec-

clefiaftiques qui ont travaillé devant lui aux
exorcifmes , & qu'il témoigne avoir reconnu de fa part en leurs déportemens pour
des perfonnes d'exemple , de mérite & de
probité , témoignage qu'il croit devoir à
la juftice & à la vérité.

Joint à ce que deffus le Certificat à
Nous prefenté du Sieur Morel , Médecin
prefent à tout , qui affure que toutes ces
chofes paffent les termes de la nature , &
ne peuvent partir que de l'ouvrage du démon : Le tout bien confideré : Nous efti-
mons que toutes ces actions extraordinaires en des filles , excédent les forces de la
nature humaine , & ne peuvent partir que
de l'opération du démon poffedant & ob-
fedant ces corps. C'eft notre fentiment.
Fait à Paris ce 20. Janvier 1662. *Signé* ,

    † MARC , Archevêque de Touloufe.

    † NICOLAS , Évêque de Rennes.

    † HENRY , Evêque de Rodez.

    † JEAN, Evêque de Challon fur Saone.
FRANC. ANNAT, MOREL, NIC. COR-
NET , M. GRANDIN , Frere PHIL. LE
ROY , tous Docteurs.

Réimprimé & diftribué en 1736.

EXAMEN

De la prétendüe Possession des Filles de la Paroisse de Landes, Diocèse de Bayeux. Et réfutation du Mémoire par lequel on s'éforce de l'établir.

AVIS DE L'AUTEUR.

IL faudroit ignorer le sort des brochures, qui comme des fleurs éclosent & se fanent en peu de jours, pour s'être flatté que cette legere production seroit redemandée du Public, & recherchée par les Etrangers. L'Auteur ne doute point qu'il ne faille attribuer la nécessité de la réimpression plûtôt à la nature de la matiere, qu'à la maniére dont elle est traitée.

Les Possessionistes ont jetté feu & flâmes. Ils ont annoncé des Réponses foudroyantes. On n'en a rien vû paroître, en effet ils n'ont rien de solide à répondre. Ils se sont contentés de traiter l'Auteur de calomniateur, parce qu'il y a quelques légeres circonstances dans certains faits qui ne sont pas exactement vrayes. L'Auteur est aussi affligé, qu'ils sont irrités, de ce que celui qui a écrit la Lettre, quoy qu'à la source des choses, n'ait pas discuté tout avec une scrupuleuse attention.

J'aime la vérité par tout dans les faits, comme dans les sciences ; dans celles-ci on trouve un bon nombre de vérités certaines, & qu'on ne peut raisonnablement contester, mais je suis persuadé qu'il n'y a que la substance & le gros, pour ainsi dire, des faits publics, dont on ne puisse douter avec fondement. De toutes les especes de pyrrhonisme, l'historique, par la nature de son objet a, & doit avoir le plus d'étenduë. Afin que toutes les circonstances des faits fussent indubitables, il faudroit que tous les témoins fussent oculaires. Ce n'est pas assez : il faudroit qu'ils fussent tous placés dans le même point de vûe ; ajoûtons qu'il seroit besoin qu'ils fussent affectés de la même maniere, & que le spectacle fini, ils employassent les mêmes expressions sans diminution, ni exageration, en sorte qu'il y eût comme une indendité de témoignage. Or cela est humainement impossible. Aussi les hommes pour agir, pour punir, ou récompenser, n'éxigent pas cette rigoureuse & impraticable uniformité. Il n'en est pas moins constant que de cent Historiens contemporains, ou de Mémoires écrits à la naissance des faits, il n'y en a peut-être pas quatre, peut-être pas deux, qui ne varient dans quelque circonstance, tandis que la partie essentielle du fait demeure constatée. Criera-t'on pour cela à la calomnie contre-eux ; les gens éclairés s'en garderont bien : ils connoissent trop jusqu'où vont les foiblesses de l'humanité.

Les deffenseurs de la possession ont crié à l'obcénité sur deux endroits. On prie les lecteurs, sans préjugés, de lire & de prononcer. Jamais accusation ne fut plus frivole. Il n'y a que des imaginations gâtées, qui puissent, ou qui veuillent trouver dans cet Ecrit des expressions impures, ou des images dangereuses. Je renvoye ces gens-là, à la Préface que Mr. Lombert a mise à la tête de la traduction qu'il a faite de la Cité de Dieu de S. Augustin, que l'on vient de réimprimer en cinq volumes in douze. Le Traducteur a fait des réflexions fort sensées sur les endroits où ce Saint, qui connoissoit si bien les bienséances, s'exprime d'une manière qui rend plusieurs endroits difficiles à traduire dans notre langue : cette Préface est à la tête du premier volume. Mais presque tous nos Possessionistes ne connoissent S. Augustin que de nom. Quand je raporterois ici les solides réflexions de Mr. Lombert, ils m'accuseroient insolemment, comme ils ont déja fait, de citer à faux S. Augustin & D. Calmet ; quoiqu'il soit si aisé de vérifier des citations prises dans des livres que tous les habiles gens ont entre les mains.

Si je voulois charger les Possessionistes d'un

nouveau ridicule, je raconterois ici les scènes extravagantes, & les bruits insensés, ausquels l'incendie qui a consumé une partie des Maisons de Mr. de Leaupartie a donné lieu; mais il est de l'humanité de se taire dans un malheur qui doit plûtôt exciter une juste compassion.

Pour mettre dans un plus grand jour la sincerité de mon procedé & la fin que je me suis proposée, qui est d'empêcher que le Public ne soit trompé par les partisants de la prétenduë Possession, l'Imprimeur s'est engagé, dans cette nouvelle Edition, d'ajoûter les Mémoires que M. de L. a glissés furtivement dans les mains de plusieurs personnes. Ces Piéces donneront par leur contraste un nouveau jour à cette affaire, & les personnes éclairées seront plus en état d'en juger.

S'il paroît quelque Ecrit de la part des deffenseurs de la prétenduë Possession, je ne prendrai pas la peine d'y répondre. Le tems est trop précieux pour être si mal employé. Je suis persuadé d'ailleurs qu'après de vaines & injurieuses déclamations contre l'Auteur, ils mettront en piéces Bodin, Delrio, de Voragine, les Sept-Trompettes, Moschus, Cassien, le Pédagogue Chrétien, &c. pour soutenir l'existance & la malice des Démons, qu'on ne leur conteste point.

15. Janvier 1738.

PREFACE.

IL s'est passé depuis quelque tems une scéne assez interessante dans le Diocèse de Bayeux. L'on a mis dans l'esprit de Filles de condition qu'elles étoient possedées du Démon. L'on a réüssi à le faire croire à leurs parens. L'on a voulu le persuader à tout le monde. Ces Filles ont joüé les differens rôles qu'on a crû propres à confirmer cette idée, soit qu'elles se figurassent ou qu'elles feignissent seulement, l'être véritablement. Cette prétenduë possession a fait beaucoup de bruit dans le Païs. Quantité de personnes ont paru y ajoûter foi. L'on a crû que le Public ne seroit pas fâché qu'on lui en donnât l'histoire fidéle, & qu'on le mît en état de juger si l'on doit attribuer à l'opération du Démon les choses qui sont arrivées, & si elles ne sont point plûtôt le fruit d'une imposture concertée avec art. Les hommes ont toûjours été avides d'évenemens extraordinaires. La crédulité plus ou moins en vogue suivant les tems & les Païs, a suposé dans ces évenemens des causes surnaturelles. Les préjugés sont grands fur cette matiére de la part de ceux mêmes que les lumiéres d'une faine Philofophie auroient dû en dégager. Les efforts des plus grands génies & les faits propres à en faire revenir, n'ont pû encore en défaire le monde entierement. L'on a vû des Sçavans du premier ordre, diftingués par la profondeur de leurs connoiffances & la folidité de leur jugement, être auffi crédules que des enfans fur ce chapitre. Quelques-uns ont été même jufqu'à confacrer leurs veilles à ramaffer tout ce qui pouvoit autorifer leur crédulité, fans examiner les chofes d'affez près, s'en raportant au témoignage de gens prévenus qui ne les avoient pas examinées autrement qu'eux. Ces hommes d'ailleurs fi refpectables ont contribué à perpetuer l'erreur. La Religion aprend que le Diable a exercé long-tems un cruel empire fur les hommes, il femble que leurs corps étoient faits pour lui fervir de joüet à fon gré. Les monumens facrés ne nous permettent pas de douter du pouvoir qu'il avoit, & dont il faifoit un ufage bien terrible. L'on a crû qu'il étoit toûjours l'opérateur des chofes qu'on ne comprenoit pas, & dont on ignoroit la caufe. L'on s'eft perfuadé, & beaucoup de gens, ou trompez eux-mêmes, ou à deffein, ont donné

cours à cette opinion, que c'étoit donner
atteinte à la Religion que de ne pas croire les poſſeſſions & les ſortiléges. L'on a
intereſſé la foi de l'Egliſe par raport à ſes
Exorciſmes. L'on a voulu que le Diable
fût l'auteur de tout ce qu'on enviſageoit
comme merveilleux, & qu'on ne pouvoit
attribuer à Dieu. L'on a tout outré en cela comme on a coutume de faire en toutes choſes. Les uns ayant découvert la fauſſeté & la ſupercherie qu'on faiſoit, ont nié
que le Démon opérât ni pût operer jamais
rien de ſemblable. L'on n'a admis que des
cauſes purement naturelles, quoique ſé-
cretes. Ils ont ſur ce principe attaqué les
miracles. Ils ont pouſſé les choſes au-delà
de leurs termes. Ils ont tout attribué au
ſeul méchaniſme de la nature; d'autres ont
fait ſervir à leurs vûës les préjugés qui faiſoient voir & croire le Démon où il n'é-
toit point. Ils ont fait de pieuſes fraudes
qu'ils ont crû permiſes à cauſe de la fin qu'ils
ſe propoſoient. Ceux qui ſçavent juger des
choſes ſainement ont pris un parti plus ſage. Admettre l'autorité des Livres ſaints,
& douter qu'il y ait jamais eû de véritables
poſſeſſions & de ſortileges réels, c'eſt ſe
contredire manifeſtement. Mais conclure
de la réalité des poſſeſſions & des ſortile-

ges dont l'Ecriture fait mention, que le
Démon fait encore ce qu'il faifoit autrefois, & qu'il eft toûjours l'auteur des effets extraordinaires dont nous ne pouvons
découvrir la vraye caufe naturelle, c'eft fe
tromper infiniment. Quantité de fçavans ont
traité ce fujet avec fuccès, l'on peut les
confulter pour fçavoir ce qu'on en doit
croire & penfer. Cette relation aprendra
à ne pas ajoûter foi à tout ce qu'on donne
comme bien certain. L'on n'ofoit prefque
d'abord former aucun doute fur la nature
de ce qu'on difoit arriver aux Demoifelles
de Leaupartie. C'eût été fe rendre coupable d'heréfie. M. l'Evêque de Bayeux, Prélat plein d'efprit & de lumieres, vit fon miniftere intereffé. Ces prétendus prodiges fe
paffoient dans fon Diocèfe. L'Eglife lui
marquoit fon devoir dans fes Livres. Il crut
devoir examiner les chofes par lui-même.
L'on eut prefque l'adreffe de tromper fon
attention. Il proceda avec circonfpection,
il ne voulut rien hazarder. A la fin il eut
la fatisfaction de découvrir lui-même la fauffeté & le peu de part que le Démon avoit
à ces évenemens. Il eft glorieux à M. l'E-
vêque d'avoir fçû percer le voile de l'impofture & déconcerter le menfonge. Il devoit fufpendre d'abord fon jugement, il ne

faloit croire ni trop ni trop peu pour ne manquer à rien. Il tint cette conduite sage & prudente. Elle a été récompensée par la découverte de la verité. Si l'on a réüssi à le tromper, l'erreur n'a été que momentanée, elle ne pouvoit durer moins, tout autre ne s'en seroit peut-être pas délivré si-tôt. L'on ne pense pas que le personnage qu'il fait dans cette relation, puisse en faire naître des idées qui ne lui soient pas honorables. L'on se persuade au contraire que le dénouëment de la piece lui fera toûjours beaucoup d'honneur dans les circonstances où il étoit, & les préjugés dont le monde est plein sur cela. L'on espere qu'il ne s'offensera pas qu'on ait fait paroître cette relation où son nom se trouve mêlé. L'on ne se propose que de desabuser le monde, & de combattre des erreurs préjudiciables. L'on a lieu de croire que c'est répondre à ses vûës & à ses intentions.

L'on ne doit pas se servir de cette relation pour attaquer ou faire révoquer en doute les merveilles bien certaines, qui ne sçauroient être que l'ouvrage du Tout-puissant, ni les operations bien constantes du Démon. Ce n'est point dans cet esprit qu'on a travaillé à cet ouvrage, l'on en est fort éloigné, comme il sera facile de le remar-

quer ; mais l'on est tous les jours exposé
à être la dupe du faux merveilleux & de l'imposture : l'on ne sçauroit croire combien
cela cause de mal. L'on n'a entrepris cette
relation que pour tâcher d'y remedier autant qu'on pourroit. L'on a crû rendre
service en le faisant. Voilà uniquement
pourquoi l'on a fait voir le jour à cet ouvrage. L'on n'a raporté les choses qu'il contient, que d'après des personnes en état
d'en parler sûrement. On les a examinées
avec des yeux philosophes. L'on a crû les
pouvoir expliquer d'une façon qui rendoit
inutile toute operation du Démon. On sou-
haite avoir réüssi à satisfaire les gens sensés.

L'on peut conter que l'Auteur n'avance
aucun fait qu'il n'ait crû vrai. L'on juge-
ra de la solidité de ses refléxions. Il desa-
vouë toute intention qu'on lui pourroit
prêter, d'avoir pensé à faire de la peine à
qui que ce soit dans cette Relation.

AVER-

AVERTISSEMENT.

EN l'année 1735. M. de Leauparties'a-visa de distribuer dans le Public un Mémoire assez mal écrit, pour établir l'obsession & la possession de ses enfans, & de quelques autres filles qui avoient copié les extravagances de ces jeunes Demoiselles. Le plus grand nombre le lut avec indifference ; les gens sensés le traiterent avec mépris ; presque tout le monde convint qu'une partie des faits étoit une fiction, que le reste étoit exageré. Une réfutation dans les formes auroit donné, ce semble, quelque poids à un Ecrit qui tomboit de lui-même. Dans la crainte néanmoins que les personnes crédules & aisées à prévenir n'ajoûtassent foi à ces impostures, on jetta sur le papier quelques réflexions en forme d'examen, où l'on discutoit la valeur de la Consultation des Médecins de Paris, & de quelques Sorbonistes peu connus. Cet examen restoit en Manuscrit, & ne sembloit plus exiger l'impression, depuis que la dispersion des prétendues Possedées & l'éloignement du Curé de Landes avoient déconcerté cette sotte & indigne manœuvre.

F

On laiſſoit Mrs. de Leaupartie & de Vaſé, exhaler en reproches & en menaces une impuiſſante douleur, dont les accès n'ont pas moins l'air de poſſeſſion que l'agitation des filles de Landes.

Le digne & très-eſtimable Prélat, l'objet aſſidu de leurs foles invectives, auroit été plaint davantage, s'il eût été exempt du reproche de s'être prêté d'abord lui-même trop inconſidérément. Les plaintes des Poſ-ſeſſioniſtes * n'ont abouti qu'à faire écla-ter ſa prudence & ſa douceur.

On ap-pelle ainſi les défen-ſeurs des poſſeſſions imaginai-res.

On croyoit cette Comédie finie; les Ac-teurs avoient diſparu de deſſus la ſcene, & les ſpectateurs s'étoient retirés aplaudiſſans preſque tous au dénoûëment de la Piece, dont l'ennuyeuſe intrigue impatientoit le monde. Mrs. de L. & de V. qui ne con-noiſſent rien aux régles du Théâtre, pré-tendent que la Piece n'eſt pas complette, & que Monſieur l'Evêque de Bayeux a manqué à ſon Rôle. Ils voudroient le for-cer à executer le perſonnage dont ils l'a-voient chargé; mais de ſages réflexions & la juſte crainte des ſiflets du Parterre em-pêcheront ce Prélat trop ſenſé de reparoî-tre ſur la ſcene. Les Poſſeſſionniſtes n'ou-blient cependant rien pour l'y engager.

May 1736 C'eſt dans ce deſſein qu'ils viennent de répandre furtivement une feüille imprimée, qui a pour titre : *Jugement sur la préten-düe possession de quelques filles Religieuses, & autres de la Ville d'Auffonne, &c.* La fin qu'ils se proposent est d'établir un fait par un autre fait qui soit paralelle au premier. Voici comme ils raisonnent, & c'est le raisonnement le plus fort qu'ils puissent faire. Donnons-lui la forme la plus probante qui est celle du syllogisme. Les circonstances de la possession des filles de Landes sont les mêmes que celles de la possession des Religieuses d'Auffonne : Or la possession des Religieuses d'Auffonne étoit réelle : Donc la possession des filles de Landes est réelle. On ne peut nier que la possession des filles d'Auffonne étoit réelle, puisqu'elle est jugée telle après l'examen d'un Evêque accompagné d'un Médecin & de plusieurs Ecclesiastiques, & la soufcription des Prélats qui ont prononcé sur cet examen ; il ne manque donc qu'une pareille formalité, pour constater invinciblement la réalité de la possession des Demoiselles de Landes. Si M. l'Evêque de Bayeux avoit continué de suivre l'impression des lumieres qu'il avoit eües d'abord, les formalités nécessaires auroient été employées, & le sceau de son autorité auroit rendu la pos-

Petite Ville de Bourgogne.

F 2

feſſion indubitable. Quelle cruauté d'avoir laiſſé l'ouvrage imparfait ! De pareils raiſonnemens paroiſſent victorieux aux Poſſeſſionniſtes.

Pour démonter cette batterie, il n'eſt point néceſſaire de conteſter la reſſemblance des faits. Quand il y auroit une parfaite conformité, une identité même, la preuve n'en feroit pas plus forte. Pour opoſer Dialectique à Dialectique & ſyllogiſme à ſyllogiſme ; voici comme je raiſonne à mon tour. Il en étoit de la poſſeſſion des filles d'Auſſonne, comme de cette fille de Romorantin & des filles de Toulouze, &c. dont il ſera parlé dans cet Ouvrage. Or la poſſeſſion de celles-ci n'étoit que des preſtiges & des ſupercheries : Donc la poſſeſſion des filles d'Auſſonne n'étoit que des preſtiges & des ſupercheries : Donc la poſſeſſion des filles de Landes n'eſt qu'un mélange de maladies, d'illuſions & d'extravagances concertées.

Laiſſons là le langage hériſſé des Ecoles. Je demande d'abord aux Poſſeſſionniſtes d'où ils ont tiré la Relation qu'ils publient. Leur bonne foi n'eſt pas aſſez établie, pour les en croire ſur leur parole. Les poſſeſſions de Loudun & de Louviers ont retenti dans toute l'Europe : l'hiſtoire en paſſera à la posterité la plus reculée. La possession d'Auffonne, quoique plus récente, est un de ces faits obscurs dont la mémoire ne s'éloigne que fort peu du lieu de leur naissance. Il faloit du moins indiquer un Original autentique, ou quelque Historien judicieux, afin que l'on pût confronter cette feüille volante avec les Actes & les Procès-verbaux qui furent rédigés en ce tems-là. Je ne veux pas cependant me rendre difficile & apuyer plus long-tems fur cette fin de non recevoir. Les chicanes, en quelque genre que ce soit, me font infiniment odieuses; mais je ne crains point de foutenir que cette Relation eft entiérement infuffifante pour prouver une poffeffion réelle. Les vraifemblances & les demi-preuves, quand elles font feules, ne fçauroient être admifes en matiere de miracles & de prodiges; & qui ne prouve pas affez, ne prouve rien. Plût à Dieu que l'on eût toûjours employé la féverité de ces régles fi néceffaires pour porter un Jugement fur ce qui doit être regardé comme furnaturel, on auroit épargné à la Religion plufieurs objections qui fervent d'armes offenfives à fes ennemis.

La Relation de la poffeffion des Religieufes d'Auffonne porte fur le front un

caractere de réprobation. Ceux qui l'ont
donnée au Public auroient bien dû le remarquer. Quoi ! ne se sont-ils pas aperçûs
que la possession y est qualifiée de prétenduë ? Un pareil Titre prévient-il en faveur
de la réalité ? N'est-ce pas annoncer que
tout ce qu'on va raporter, est pour le moins
douteux, quoiqu'il y ait à la fin une espece
de Jugement qui déclare la possession véritable ? Si le Jugement est vrai, le Titre
est faux ; Si le Titre énonce la vérité, la
décision est frivole & illusoire.

Observés en second lieu, que dans cette Relation l'on s'exprime modestement par
les mots *sembler* & *paroître*. Ces termes a-
pliqués à des faits que l'on raconte, laiss-
sent au Lecteur la liberté de suspendre son
Jugement. C'est même l'avertir de ne rien
précipiter, & de se renfermer dans les bornes d'un doute judicieux. *Il semble, il paroît ;* ainsi parloit autrefois une Secte de
Philosophes Academiciens, qui trouvans
le Pyrrhonisme trop crud, avoient tempe-
ré le doute universel de ceux-ci. Trop ti-
mides pour oser assurer qu'il y ait rien de
certain, ces Académiciens avoient la complaisance d'admettre le vrai-semblable en
plusieurs rencontres.

Troisiémement, il est fort important de

ne pas oublier qu'il n'y a qu'un feul Evêque qui ait examiné ; les trois autres n'ont
rien vû. Le témoignage de l'Evêque
de Challon fur Saone eft donc un témoignage unique. Tout fe réduit donc
à un feul témoin conftitué en dignité. Il
n'eft auffi parlé que d'un Médecin , auquel
on affocie deux Prêtres & un Moine. Les
foufcriptions confondent tout , au-lieu de
diftinguer les témoins des Juges: une lifte de
plufieurs noms étoit plus propre à faire illufion. Supofons maintenant pour un moment que M. l'Evêque de Bayeux eût per-
feveré dans fes premiers préjugés ; que plein
des fombres idées d'une poffeffion , il eût
fait confirmer l'examen qu'il en avoit fait
par la fignature de quelques Evêques , de
plufieurs Curés & Chanoines , aufquels il
auroit joint quelques Médecins de l'Uni-
verfité de Caën , la poffeffion de Landes au-
roit-elle pour cela changé de nature ? Le
Diable Crevecœur auroit-il acquis une exif-
ftence ? Se feroit-il fait une création nouvelle en faveur des fignatures ? Enfin les
formalités exterieures & juridiques auroient-
elles introduit la réalité à la place de l'illufion ? Parité de toutes parts. Cette portion de l'Eglife enfeignante qui auroit jugé avec M. de Luynes , auroit eû les mê-

mes motifs que l'Archevêque de Toulouze, l'Evêque de Rennes & l'Evêque de Ro-dez ; c'est-à-dire , beaucoup de déference pour M. l'Evêque de Bayeux. Les Méde-cins de la Ville de Caën n'auroient pas été jugés moins éclairés que le Docteur Mo-rel. Le suffrage de plusieurs Curés & Cha-noines n'auroit pas été estimé d'un moindre poids que celui de Nicolas Cornet , de Martin Grandin , & de Frere Philippe le Roi. Il se seroit trouvé même un plus grand nombre de témoins en faveur de la préten-duë possession de Landes , & j'en connois qui auroient confirmé leur témoignage par la religion du serment, tant ils sont infa-tués. Encore un coup, cela eût-il changé la nature des choses ? Le fond de cette af-faire ne fût-il pas toûjours demeuré le mê-me ? C'eût été une fable de plus parmi cel-les dont on amuse l'imbecile crédulité des Peuples.

Si toutes sortes d'examens, de témoigna-ges , de dépositions , de signatures, &c. suffisoient pour réaliser ce que les hommes auroient interêt de faire croire, combien de faux miracles & d'œuvres de ténebres auroient dans tous les tems merité d'être crus ? Quand il a été de l'interêt de la Re-ligion & de l'Etat d'aprofondir les choses, l'on a tout difcuté avec exactitude , on a examiné juridiquement les témoignages , on a pefé les fignatures & les aprobations; alors la lumiere & le grand jour ont tout fait évanoüir.

Deux faits éclatans nous ferviront ici de preuve. * Le premier nous eft raconté par Sanders, L. 1. du Schifme d'Angleterre , & le Grand , Hiftoire du divorce de Henry VIII. L. 1. Ces deux Auteurs nous raportent le Procez & la Condamnation d'Elifabeth Barthon, connuë alors fous le nom de la Religieufe de Kent , ou de la Sainte Fille de Cantin. Après des convulfions fréquentes , effets d'une maladie de fon fexe, qui lui tournoient la bouche , & lui tordoient plufieurs membres de fon corps , elle contracta par l'habitude la facilité de faire plufieurs poftures qui paroiffoient au-deffus des forces naturelles. Son Curé nommé Richard Mafter , à qui elle avoit déclaré ce qui fe paffoit en elle , lui confeilla de mettre en œuvre de pareils talens. Au milieu des accès qui lui arrivoient ou qu'elle fe procuroit , elle accompagnoit fes contorfions de fentences pieufes , & de maximes dévotes contre la corruption du fiécle , & contre les opinions nouvelles, qui

* Dict. de Moreri , Paris 1725.

faifoient tant de bruit dans l'Europe. Elle
fe vantoit d'être favorifée de vifions furprenantes ; plufieurs Anglois , & même des
plus qualifiés , employerent les preftiges de
la Béate , pour décrier le Gouvernement,
& fur-tout le divorce de Henry VIII. a-
vec Catherine d'Aragon. Ce Prince fit arrêter Elizabeth Barthon avec plufieurs de
ceux qui la produifoient en public , & qui
faifoient fervir fes artifices à leurs fins. Le
Parlement de 1534. examina l'affaire, & dé-
couvrit une conjuration , qui attira à cette
fille, & à plufieurs de fes complices une
Sentence de mort. Le Curé finit fes jours
en prifon , & Anne de Boulen fit pardon-
ner à ceux qui n'avoient été fimplement
que féduits.

 * Le fecond fait eft pofterieur de cinquante quatre années. Une Religieufe Por-
tugaize, de l'Ordre des Dominicains nommée Marie de la Vifitation , Prieure du
Couvent de l'Annonciade à Lifbone , fe
fit une grande réputation de fainteté par la
prétenduë impreffion des Stigmates de N.
S. Loüis de Grenade , célebre par fon éloquence , & par fes Oeuvres , qu'on lit
toûjours avec édification , fut le premier,

* *Enxambre de los falfos milagros de Maria de la Vifita-*
cion. p. 598.

& le plus ardent à publier les loüanges de cette prétenduë Sainte de son Ordre.

Pour confondre les Protestans, Estienne de Lusignan Jacobin fit un Livre qui fut imprimé à Paris, & dédié à la Reine, où les vertus & les Miracles de cette Religieuse furent mis dans leur plus beau jour. Elle auroit continué de joüir de la réputation brillante, dont elle étoit en possession depuis plusieurs années, si par malheur pour elle, elle n'eût cabalé sous main pour le parti de Don Antoine, Prieur de Crato, que le Peuple vouloit mettre sur le Thrône de Portugal, après la mort du Cardinal Dom Henry. Philippe II. Roy d'Espagne s'étoit emparé du Royaume, & veilloit sur toutes les démarches des Portugais, qui souffroient assez impatiemment une domination étrangere. Ce Prince jaloux & politique, ordonna que Marie de la Visitation seroit déferée à l'Inquisition. Ce Tribunal formidable, examina soigneusement la conduite de cette fille, qui fut forcée d'avoüer toutes les impostures, & les prestiges qu'elle employoit, pour faire illusion aux peuples. Parmi les faux miracles dont elle s'étoit servie pour séduire ses compatriotes, elle avoit souvent paru le visage resplendissant. Les Inquisiteurs

qui agiſſoient par les ordres d'un Roi deſ-
fiant & ſévere , voulurent ſçavoir de quel
artifice elle ſe ſervoit pour produire cet effet ſurprenant. Elle leur avoüa que quand
elle vouloit donner cette ſcéne , elle rem-
pliſſoit de charbons allumés un réchaut,
qu'elle mettoit à l'opoſite d'un Miroir, ſans
qu'on s'en aperçût , & qu'elle de ſon côté ſe plaçoit de façon que le Miroir réflé-
chiſſoit la lumiere ſur ſon viſage , qui devenoit par ce moyen tout brillant. Le Procez où ceci eſt raporté , fut rendu public,
par l'ordre de l'Inquiſition ſur la fin de
1588.

Si en 1662. on eût employé une pareille ſagacité & une attention auſſi éclairée,
on auroit puni la fourberie dans une partie des prétenduës Poſſedées de la Ville
d'Auſſonne ; les autres auroient été ren-
fermées en qualité de foles , ou traitées
comme des malades. C'eſt un malheur pour
la verité qu'il n'y ait qu'un grand interêt
qui puiſſe engager les hommes à mettre en
uſage toutes les précautions néceſſaires
pour découvrir ou pour écarter l'erreur.

Après tout, que faiſoient ces prétenduës
Poſſedées , qui ſoit au-deſſus de ce que
l'on voit preſque tous les ans à la Foire de S.
Germain , où les ſauteurs , les buveurs

d'eau, les mangeurs de feu, ceux qui se font casser des barres de fer sur l'estomac, qui s'enfoncent dans le nez des cloux de six ou sept pouces de longueur, qui rompent des cordes d'une grosseur considerable, & cent autres prestigiateurs, étonnent & amusent un Public curieux de ces sortes de spectacles ? Seroit-on reçû aujourd'hui à dire qu'il y a de la Magie dans ces tours de souplesse, ausquels le corps & la main sont formés de bonne heure ? Accusera-t'on le fameux Equilibriste, qui s'est montré dans toute l'Europe, d'avoir fait Pacte avec les démons ? Je défie cependant tous les Possedés, presens & futurs, de la nature de ceux d'Aussonne & de Landes, de faire rien qui aproche de l'adresse de cet homme merveilleux.

Il est vrai que le sot vulgaire y a soupçonné du surnaturel; toutes les personnes éclairées en ont jugé autrement. Ceux qui ont lû les récreations Mathematiques d'Ozanam, sçavent combien sont innocentes ces illusions que font aux yeux d'habiles joüeurs de Gobelets.

Une Religieuse Ecossoise, dit la Relation, entendoit quelque chose de ce que lui disoit un Ecclesiastique Irlandois. Quel prodige ! Quelle preuve invincible de poſſeſſion ! C'eſt à peu près comme ſi un Gaſcon entendoit le langage d'un Auvergnat ou d'un Provençal.

Il y avoit parmi les Religieuſes des filles (on ne ſçait pas combien) qui entendoient le Latin. Cette poſſeſſion, dit la Relation, dura l'epace de dix ans. En dix ans de tems une fille ou deux ne peuvent-elles pas s'inſtruire aſſez pour entendre le Latin des Exorciſmes, ou même celui de quelques Auteurs profanes ? N'avons-nous pas dans cette Province des Abeſſes & des Religieuſes, qui ſans être poſſedées & ſans avoir eû des Diables pour Précepteurs, liſent les Auteurs Latins dans leur Langue avec beaucoup d'intelligence ?

Ces filles obéiſſoient à des commandemens interieurs. Voilà la pierre de touche des poſſeſſions. Cette épreuve eſt effectivement la plus certaine, quand elle eſt employée comme il faut. Il n'y a point de liaiſon naturelle entre une penſée intime & conſervée au fond de l'âme, & les mouvemens d'un corps étranger qui ſe meut au gré d'un deſir qui ne s'eſt manifeſté par aucun ſigne. Mais je demande d'abord, s'il eſt bien ſûr que les Démons partagent avec Dieu la qualité de ſcrutateur des cœurs. Il me ſemble que cet attribut ſi relevé n'a-

partient qu'à celui qui les a formés. Notre
cœur eſt un ſanctuaire où le Démon ne
peut entrer, ſi nos paſſions ne l'introdui-
ſent. C'eſt la doctrine conſtante de S. Auguſtin & des plus ſçavans Théologiens. Cependant des faits bien conſtatés & bien cir-
conſtanciés obligeroient de penſer autrement ; mais lorſqu'on aprofondit ces faits
par un mûr examen, il s'y trouve toûjours
quelque choſe de défectueux qui rend l'é-
preuve incomplette & ſuſpecte. La Relation d'Auſſonne, par exemple, dit que
quelques-unes de ces filles obéïſſoient,
pour l'ordinaire, aux commandemens interieurs qu'on leur faiſoit. Ces mots *pour*
l'ordinaire, font aſſez entendre que ces filles ſe trompoient, & qu'elles ne devinoient
pas toûjours juſte. Cet aveu, tout modifié
qu'il eſt, ſuffit pour rendre le prodige fort
douteux. Les commandemens qui n'étoient
accompagnés d'aucun mouvement, d'aucun geſte, d'aucun coup d'œil, étoient ſans
doute ceux qui échapoient à la ſagacité de
ces filles faites au manége des Exorciſtes.
Elles ſçavoient bien que les Rituels donnent
pour marque de poſſeſſion l'obéïſſance des
Energumenes à des commandemens interieurs ; elles le ſçavoient, elles s'étoient
fait un art conjectural, qui les mettoit en

état de rencontrer quelquefois juste, &
qui suffisoit pour faire crier au surnaturel:
art cependant assez fautif, de l'aveu même
des Relateurs. Si ceux qui ne connoissent pas
jusqu'où des femmes peuvent porter une
penetration subtilisée & fortifiée par l'exercice, regardent cet art comme chimerique; qu'ils s'en prennent à leur peu d'experience. Ils changeroient bien-tôt de sentiment, s'ils avoient vû des personnes devenuës sourdes, entendre ceux qui parlent
devant elles par la seule observation du
mouvement des levres, & répondre juste à
ce qu'elles n'ont entendu que des yeux, qui
supléent alors l'organe de l'oüie.

Ces filles d'Aussonne vomissoient des
pierres. La Relation ne dit pas en quel
nombre, de quelle grosseur & combien de
ces filles étoient devenuës des carrieres vi-
vantes. L'Evêque de Challon, dont le caractere paroît avoir été la simplicité, dit
qu'il a vû les cailloux; mais qu'il n'a pas
été témoin de leur éjection, qui n'est après
tout qu'un tour de gibeciere que les joüeurs
de Gobelets executent tous les jours.

Une de ces prétenduës Possedées se gon-
floit extraordinairement la gorge. Une autre arrêtoit le mouvement du poulx, ou le
rendoit alternatif dans ses bras. Une troisiéme

fiéme devenoit infenfible aux piqûres d'é-
pingles. Je pourrois fur cela renvoyer à
Ambroife Paré, celebre Chirurgien de
Henry III. lequel fur la fin de fes Oeuvres
raporte plufieurs impoftures, dont le coupable Méchanifme fut découvert de fon
tems. Comme cet habile homme étoit Proteftant, les Poffeffionniftes ne manqueroient
pas de recufer le témoignage d'un mécreant.
Peut-être auront-ils plus de refpect pour celui de S. Auguftin, qui dans le XIV. Livre de la
Cité de Dieu, Chapitre XXIV. s'exprime ainfi.

» Il y a, dit-il, des hommes fort diffe-
» rens des autres, & que la fingularité
» rend un objet de confideration, en fai-
» fant de leurs corps certaines chofes qui
» font impoffibles à d'autres, & que l'on
» a de la peine à croire, quand on ne les
» a point vûës. On en voit qui ont une oreil-
» le mobile, ou même toutes les deux,
» comme les animaux. D'autres fans re-
» muer la tête font venir tous leurs che-
» veux fur le front, & les renvoyent par
» le feul froncement de la peau à laquelle
» ils adherent. Il y en a qui par une con-
» traction fpontanée du diaphragme, rap-
» pellent de leur eftomach, comme du fond
» d'une poche, les morceaux qu'ils ont en-
» gloutis tous entiers & en grande quantité.

G

» Quelques-uns imitent ſi parfaitement
» le chant des oiſeaux, & les cris des ani-
» maux, que ceux qui ne les apperçoivent
» pas y ſont trompés. Vous en verrés qui
» tirent du fond de leurs entrailles des ſons
» aſſez harmonieux pour aprocher du chant.
» J'ai vû un homme qui ſuoit toutes les
» fois qu'il vouloit. Voici une choſe en-
» core plus difficile à croire, & dont la mé-
» moire eſt encore toute récente. Un Prê-
» tre nommé Reſtitutus, du Diocèſe de
» Calame, étoit le maître de ſe rendre in-
» ſenſible, & il avoit cette complaiſance
» pour ceux qui le prioient de leur don-
» ner un ſi étonnant ſpectacle. Pour ac-
» querir cette ſituation, il faloit contrefai-
» re en ſa preſence la voix plaintive & les
» gémiſſemens d'une perſonne deſolée : alors
» il s'aliénoit tellement les ſens, qu'il de-
» venoit ſemblable à un mort. On avoit
» beau le pincer & le piquer, il ne ſentoit
» rien, pas même l'impreſſion du feu, qu'on
» lui apliquoit quelquefois, juſqu'à ce qu'il
» fût revenu à lui-même. S'il demeuroit
» immobile, ce n'étoit point en vertu d'u-
» ne contention ou des efforts qu'il fit.
» Cette ſuſpenſion de ſentiment n'avoit
» rien d'affecté. Dans ces momens il n'a-
» voit pas plus de reſpiration qu'une per-

,, fonne morte. Il difoit néanmoins que
,, quand on parloit haut auprès de lui, il
,, entendoit comme la voix de perfonnes
,, placées dans un grand éloignement.

Ce recit de Saint Auguftin eft apuyé par
plufieurs exemples qu'allegue Léonard le
Coq, qui a commenté l'ouvrage de la Cité de Dieu. Si l'Evêque d'Hippone avoit
été moins éclairé, il auroit imputé au miniftere des Démons ce qu'il n'attribuë qu'à
des caufes purement naturelles.

Notre fiécle vient de nous fournir un
évenement qui a beaucoup de raport à celui que nous raconte ce Grand Saint : malgré la diftance des tems, & des lieux, ils
s'appuyeront mutuellement, & fe prêteront
une garantie réciproque.

,, Monfieur le Colonel Townshend, fre-
,, re de Milord Townshend d'aujourd'hui,
,, après avoir été tourmenté de la gravel-
,, le pendant plufieurs années, vint enfin
,, mourir à Bath, bains fameux en Angle-
,, terre : il y fut vifité pendant environ une
,, femaine avant fa mort par M M. Cheyne
,, & Baynard, Medecins. Le jour même de
,, fa mort, le Colonel envoya chercher ces
,, deux Docteurs de grand matin : ils le
,, trouverent avec toute la liberté de fon
,, efprit ; fa garde & plufieurs de fes do-

» mestiques, étoient au tour de lui. Il dîte
» à M. Cheyne & à son Confrere, qu'il
» les avoit fait venir, pour qu'ils lui ren-
» dissent raison d'une sensation extraordi-
» naire qu'il avoit observée depuis quel-
» que tems, en lui-même : c'étoit qu'en
» se tenant tranquile, il pouvoit mourir
» lors qu'il vouloit ; & qu'en suite par un
» effort, ou de quelqu'autre maniere, qu'il
» n'expliquoit pas, il pouvoit revivre de
» nouveau. Malgré son extrême foiblesse,
» il voulut absolument en faire l'experien-
» ce, en presence de ces M M. Ils lui tâ-
» terent le poulx, il le trouverent distinct,
» quoique petit & foible ; son cœur bat-
» toit à l'ordinaire. Le malade se mît alors sur
» le dos, & demeura quelque tems sans
» mouvement. Pendant ce tems M. Chey-
,, ne lui tâtoit le poulx, le Docteur Bay-
,, nard avoit la main sur son cœur, & un
,, Apoticaire tenoit un miroir sur sa bouche.
,, On sentit peu à peu son poulx diminuer,
,, & bien-tôt on ne put plus le trouver du
,, tout. Le cœur cessa aussi entierement de
,, battre, & l'on n'apercevoit sur le miroir
,, aucun vestige de respiration. Enfin on
,, ne trouvoit en toute sa personne aucun
,, symptôme de vie. Cet état dura environ
,, demi-heure, & l'on aprehenda que le

,, Colonel ne fût mort en effet, & n'eût
,, poussé l'experience trop loin. Les Méde-
,, cins étoient prêts de quitter, lors qu'on
,, s'aperçut de quelques mouvémens, & en-
,, fin on sentit le poulx & le battement de
,, cœur, qui revenoient par dégrés. Le ma-
,, lade commença à respirer doucement,
,, & à parler, quoique fort bas; enfin il
,, se retrouva bien-tôt dans le même état,
,, où il étoit avant l'experience. Il agit en-
,, core pendant le reste du jour, avec beau-
,, coup de presence d'esprit, & mourut
,, tout de bon vers les cinq ou six heures
,, du soir.

,, Voilà un exemple récent d'une extâ-
,, se bien attestée qui pourra, dit l'Auteur,
,, rendre plus croyables, celles que l'on
,, trouve en certaines Histoires, & les dé-
,, pouïller en même tems de ce qu'on leur
,, attribuë de surnaturel.
Ce fait nous est raconté par Monsieur
Cheyne, dans son Traité de la maladie An-
gloise, imprimé à Londres in 8°. 1733.
On insisteroit assez inutilement sur ces
contorsions de membres, & sur ces ren-
versemens forcés où la tête va toucher les
talons. M. Andri dans son Traité de la gé-
neration des vers dans le corps de l'homme, ch. 4. art. ... pag. 81. dit qu'au re-

gard des convulsions, les vers des intestins en excitent quelquefois de si horribles, qu'on les prendroit presque pour des marques de possession. ,, Il s'est vû, dit-il, des ,, enfans travaillés de vers se courber en ,, arriere jusqu'à faire toucher leur crâne ,, à leurs talons. Trincavelle assure en avoir vû plusieurs exemples. *L. 9. c. 11. de ratione curandi partes humani corporis affectas.*

Quel bruit ne fit point à Paris en 1709. cette Fille que l'on disoit être attaquée de Catalepsie? Elle restoit immobile pendant des heures entieres, observant l'attitude dans laquelle le prétendu accez l'avoit surprise. Ces attitudes paroissoient quelquefois devoir être fort gênantes pour elle; elle avoit l'art de se soutenir dans ces postures forcées. Ses membres flexibles retournoient toûjours à leur situation comme des corps élastiques. J'étudiois alors à Paris, où j'entendis faire mille vaines conjectures, & cent dissertations aussi frivoles les unes que les autres. Il n'y eut que ceux qui soupçonnerent de la fraude qui toucherent le but. Le François & l'étranger, l'homme d'esprit & le badaut, s'empressoient de voir ce nouveau phénomene, quoiqu'on fit payer le spectacle; mais cette Fille fut renfermée dans un Monastere par l'ordre du

Cardinal de Noailles , qui ne permît pas que le Public fût plus long-tems la dupe d'une nouvelle imposture. D'habiles gens commis par ce Prélat la découvrirent , & la Fille cataleptique en fit elle-même l'aveu.

Il n'y a point de situation si gênante pour le corps , que le secours d'une longue habitude & d'un frequent exercice, ne mette en état d'observer. Ce que rapporte Kœmpfer dans son Histoire du Japon en fait foi. Autrefois , dit ce voyageur dont l'ouvrage est estimé , l'ordre étoit que les Daïris , ou Empereurs Ecclesiastiques du Japon , se tinssent quatre heures tous les jours avec la couronne sur la tête, sans faire aucun mouvement qui donnât signe de vie. On croyoit que de la tranquilité de cette posture dépendoit la paix de l'Etat , que la moindre agitation du Prince menaçoit de quelque insigne malheur. A present on se contente de placer la couronne sur le Trône , & l'on est bien plus sûr du présage de cette façon que de l'autre.

Il ne faut qu'avoir un peu lû , pour avoir remarqué une infinité de piéges tendus à la crédulité des peuples. Citons un des plus récens.

En 1702. il y avoit à Londres, dans une maison de Morfields, un jeune homme qui avoit écrit dans un œil autour de l'iris le mot *Elohim* en caractères Hebreux, & dans l'autre celui de *Deus* en Latin. Cette singularité parut si merveilleuse, que la Synagogue fit une députation solemnelle pour rechercher l'origine de cet enfant, dans l'esperance que ce seroit le Messie. Les Sçavans attribuerent cette merveille à l'imagination de la mere. Quelques personnes plus judicieuses que crédules examinerent la chose de si près, qu'il se trouva que deux yeux artificiels peints faisoient tout le mystere. Ce fait est raporté par M. Blondel, Membre du College de Médecine de Londres, dans son Examen du pouvoir de l'imagination des Femmes enceintes, imprimé à Londres en 1727.

Réünissés maintenant tout ce que peut l'art & la nature, & vous trouverez peu d'occasions où l'on ne puisse se passer fort aisément du ministere de Démons. On peut apliquer ici le conseil qu'Horace donne aux Poëtes Dramatiques. Il ne veut pas qu'ils fassent descendre les Dieux sur la scéne, si la piéce n'est pas d'un caractere à avoir besoin de ce dénoüement.

Horat.
Art. Poët.

Nec Deus intersit, nisi dignus vindice nodus
Inciderit . . . .

Quel objet, en effet à prefenter aux yeux,
Que le Diable toûjours hurlant contre les Cieux!

Quoi! toûjours Aftaroth, Belzebut, Lucifer,
Notre terre bien-tôt deviendroit un Enfer.

Imitation
de Boileau.

Les Poffeffionniftes ne s'accommode-
roient pas du fiftême de Van-Dale, qui s'eft
efforcé de démontrer qu'il n'y avoit qu'un
Diable. Cette opinion n'eft pas moins bizarre que hardie. Il faut en effet faire violence à l'Ecriture & en tordre les expreffions, pour ramener à l'unité tout ce qui
énonce la pluralité des efprits malins. Mais
le plus grand inconvenient pour les partifans des poffeffions, c'eft qu'un Diable feul
ne leur fuffiroit pas, quelque tracaffier qu'il
pût être, ou bien ce Diable auroit des at-
tributs qui aprocheroient de la Divinité.
Il faudroit qu'il fût en quelque façon Ubi-
quifte.

Le fentiment de Jean Wier fera beaucoup de leur goût. Cet Auteur, dans fon
Livre des Preftiges, fait monter le nombre des mauvais génies à fept millions quatre cens cinq mille neuf cens vingt-fix, a-
yant à leur tête foixante & douze Princes:
le tout fauf erreur de calcul. Dans ce nombre qui eft peut-être encore bien éloigné
de la verité, il y a du moins à choifir. On

trouvera dans cette tenebreuse nation des
Diables stupides ou éveillés; habiles ou ignorans (tels que ceux de Landes) spirituels
ou niais ; subtils ou grossiers , tels que les
dépeint Psellus , Auteur Grec , qui dans
le xiv. Siécle a écrit sur ces matieres aussi sçavamment , que pourroit le faire aujourd'hui le Docteur Carpentier. On trouvera encore parmi ces habitans des ténebres differens Démons qui présideront
aux diverses maladies dont le genre humain
est affligé , & on leur fera honneur de toutes nos infirmités. Nos Médecins resteront
desœuvrés , & nos Prêtres ignorans feront
changés en Jongleurs & en Exorcistes. S'ils
prévalent , on traitera les malades en Europe comme l'on fait parmi plusieurs nations sauvages de l'Amerique.

Si par hazard Mrs. de L. & de V. . . .
jettent les yeux sur cet Ecrit , je ne doute pas qu'ils ne s'arment d'un grand signe
de croix. Je les entends déja se récrier que
c'est là le langage d'un prétendu esprit-fort,
qui refuse de croire à l'Evangile même,
où il est parlé si souvent de possessions,& du
funeste pouvoir des Démons sur les hommes. C'est ce qu'ils auront oüi dire à leurs
Curés , car il est à croire que ces Mrs. se
feroient un cas de conscience de lire l'E-

criture Sainte, quoiqu'ils recitent quelquefois le Breviaire, à ce que l'on dit ;
mais comme le Breviaire est en latin, il n'y
a point de danger pour eux, ni par conféquent de fcrupule. Je protefte ici que
je refpecte l'Evangile avec la veneration
la plus profonde, & que je crois d'u-
ne foi divine les vérités qu'il contient ;
mais je ne fuis pas d'humeur de foufcrire
le commentaire des poffeffionniftes, ni d'a-
dopter toutes les conféquences qu'ils voudroient tirer de l'Hiftoire Evangelique.

Il y a eû des Poffedés, il peut encore y
en avoir. Le nombre en a été fort grand
du tems de J. C. il s'en trouvoit peu auparavant parmi les Juifs. Depuis la deftruction du Paganifme, il y a eû très-peu
de poffeffions réelles parmi les Chrétiens.
Il ne feroit pas bien difficile d'établir ces
propofitions, que j'ofe avancer ici d'après
plufieurs Sçavans des plus diftingués, fi je
pouvois oublier que c'eft ici un Avertiffement & non pas un Traité dans les formes.

Je pourrois auffi aporter des raifons plau-
fibles, pourquoi le nombre des Energumenes étoit fi grand pendant la prédication du
Sauveur du monde & de fes Apôtres.
Contentons-nous d'expofer ici le fentiment
du Pere Calmet dans fa Differtation fur

les obsessions & possessions du Démon.

    ,, Il y a , dit ce celebre Commentateur,
,, plusieurs caracteres douteux & équivoques
,, dans les obsessions du Démon, & il y en
,, a beaucoup moins de réelles que l'on ne
,, s'imagine. Nous n'entreprendrons la dé-
,, fense d'aucune autre que de celles qui
,, sont clairement marquées dans l'Ecritu-
,, re, ou qui se trouvent dans l'Histoire a-
,, vec des circonstances si sûres & si extra-
,, ordinaires , que l'on ne puisse raisonna-
,, blement les attribuer ni à la maladie, ni
,, à l'imagination , ni à la supercherie de
,, ceux qui contrefont les Possedés, ou de
,, ceux qui les suposent par des motifs d'in-
,, terêt ou d'amour propre. Nous ne som-
,, mes les défenseurs ni de la vaine super-
,, stition des peuples , ni du prétendu pou-
,, voir excessif du Démon, ni des faux mi-
,, racles , ni de la sotte crédulité des igno-
,, rans.

    Sur ce modèle, que j'adopte dans toute
son étenduë , je déclare hautement que je
reconnois comme vrayes toutes les possessions que l'Ecriture Sainte dous donne pour
réelles. Mais à Dieu ne plaise que je veüille aider jamais à relever le trône de Satan que
le Fils de Dieu a renversé. Le Prince de ce
monde a été chassé dehors , ainsi que l'af-

fure J. C. Laiffons les Poffeffionniftes courir après ce cruel tyran, pour le ramener
avec tous fes miniftres dans des lieux qui
apartiennent à celui qui l'a vaincu, & qui
lui a ôté toutes les armes dans lefquelles il
mettoit toute fa confiance. C'eft un lion
rugiffant, mais il eft enchaîné, dit S. Auguf- *s. Aug. in*
tin. Il ne peut s'élancer au-delà de fa chaî- *Pf. 63. 67.*
ne. Il n'y a que les imprudens qui s'apro- *Lib. xx. de*
chent de lui qui éprouvent fa fureur. *Civit. Dei :*
c. 7. & ali-
Les défenfeurs de la poffeffion de Landes *bi.*
s'écrieront que fi cet Ecrit n'eft pas de la
façon d'un libertin,

Certainement il part d'une main Janfenifte.

Dans la penfée & dans la bouche de ces
gens-là, ce reproche eft une réfutation
complette. Tout ce qui n'eft pas conforme
à leurs idées eft un Janfenifme affreux; telle eft leur ignorance & leur imbecilité. Je
ne fçaurois être affez complaifant pour làif-
fer cette petite & miferable confolation à
leur inutile dépit. Connu, ou inconnu, je
déclare de la maniere la plus fincere, & comme devant Dieu, que je ne fuis & que je
n'ai jamais été apellant ni adhérant, ni de
fait, ni volontairement. Bien plus, je protefte que je fuis auffi éloigné du fiftême de

Janfenius fur la grace & fur la liberté, que les Poffeffionniftes le font de la verité & du bon fens. Peut-on affigner un intervale plus fpacieux?

Duo funt quæ in errore hominum difficillimè tolerantur: præfumptio, priufquam veritas pateat, & cum jam patuerit, præfumpta defenfio falfitatis. S. Aug. Lib. 2. de Trinitate in Prologo.

On eft déja fort blamable de porter un jugement fur ce que l'on ne connoît point; mais on mérite encore moins d'égards, quand on fe roidit contre la vérité, plûtôt que d'avoüer que l'on s'eft trompé.

EXAMEN

DE LA PRETENDUE POSSESSION
des Filles de la Paroiſſe de Landes, Diocèſe de Bayeux.

ET REFUTATION

Du Mémoire par lequel on s'éforce de l'établir.

PREJUGEZ GENERAUX.

LES Hommes ont une inclination naturelle pour le merveilleux ; mais ils en connoiſſent peu la nature & les cauſes. Preſque tous le cherchent dans l'extraordinaire ; & plus ils ſont ignorans, plus ils voient de prodiges : ce qui eſt commun, ſemble avoir perdu le droit de les toucher. Souvent néanmoins, ce qui eſt ordinaire & pour ainſi dire ſous nos mains ne devroit pas moins être l'objet de notre admiration, que ce qui eſt éloigné & hors de

notre portée, l'un & l'autre partent fouvent d'une fource commune. Les mouvemens convulfifs ont des principes auffi certains que les mouvemens aufquels nos yeux
font accoutumés ; les uns & les autres dé-
pendent des Loix de la Mécanique. L'homme qui marche fur une corde & celui qui
marche à terre, fuivent à peu près les mêmes régles de progreffion. La principale dif-
férence eft que le premier fuit un chemin
plus étroit ; fans la témérité & le danger,
il manqueroit d'admirateurs.

Admettez, ou baniffez ces fubftances
fpirituelles, que l'on nomme Démons : tout
fe paffera à peu près de la même façon dans
l'Univers. Leur intervention & leur miniftere figureront toujours mieux dans un
Poëme que dans un Traité de Phyfique ;
la Morale même pourroit abfolument s'en
paffer. L'homme eft affez pervers de fon
fond, pour n'avoir pas befoin de principes
extérieurs de malice : il y a dans la compofition de fon corps des reſſorts connus ou
fecrets, dont le débandement & le jeu peuvent produire ce qui nous frape le plus,
fans aller chercher dans le Ciel, ou dans
l'Enfer des Agens étrangers. L'Anatomie,
toute imparfaite qu'elle eft encore, en fournit
des preuves auffi nombreuſes que certaines.
L'homme

L'homme ignorant ou pareſſeux trouve des dénouëmens plus prompts & plus faciles dans les opinions bizarres de la Magie. De ſon côté, l'homme coupable eſt bien-aiſe & ſe félicite de trouver hors de lui des cauſes auſquelles il croit pouvoir attribuer les égaremens de ſon eſprit & la malignité de ſon cœur. Il lui faut abſolument des complices, avec leſquels il partage liberalement ſes forfaits ; perſuadé qu'un crime partagé perd beaucoup de ſa grieveté & de ſa noirceur. A ſes yeux il devient plus malheureux que coupable ; il voudroit même qu'on le regardât comme un inſtrument paſſif que des mains étrangeres ont employé ſans ſon aveu.

Cette diſpoſition d'eſprit étoit commune chez les Payens, leurs deſordres les plus monſtrueux étoient attribués à la colere de quelque Divinité mépriſée ou négligée ; la Mythologie ou l'Hiſtoire nous en fourniſſent un grand nombre de preuves. Sur cet article, ainſi que ſur tant d'autres, une infinité de Chrétiens n'ont gueres profité des lumieres de la révelation : un orgüeil incurable les ſollicite à attribuer aux Démons les excès où la paſſion les porte. Les hommes ne calomnient-ils point à leur tour celui que l'Ecriture Sainte apelle l'Accuſateur ou

Apoc. 12. 10.

H

le Calomniateur de ſes freres ? Le P. du Cerceau le penſoit ainſi , & il a exprimé ſa penſée dans ces Vers , où régne un élegant badinage :

La Rhune.

Mais ſans que le Diable s'en mêle,
Il s'en fait aſſez aujourd'hui ;
Et quoi qu'on jette tout ſur lui ,
Ce n'eſt pas toûjours lui qui grêle.
Nous avons au dedans de nous
Un ennemi bien plus à craindre,
Il porte les plus rudes coups,
Et perſonne n'oſe s'en plaindre.
Chacun l'excuſe & le cherit,
Et s'il arrive quelqu'Hiſtoire,
On s'en prend au malin eſprit
A qui l'on en fait bien accroire.
Il a tout fait, il a tout dit.

Le fourbe dans ſes trahiſons,
Et le Saint dans ſes Oraiſons ,
Imputent tout à ſa malice,
De tous les maux que nous faiſons
Il eſt l'Auteur ou le complice.
Hé , laiſſons-le pour ce qu'il eſt.
Pourquoi faut-il qu'on s'imagine
Qu'il fait joüer comme il lui plaît,
Les reſſorts de notre machine ?
On l'accuſe de maint forfait ;
Mais à bien juger de l'affaire,
Souvent ce n'eſt pas lui qui fait,
Il ne fait que nous laiſſer faire.
On ſe livre à la Volupté,
Parce qu'elle flatte & qu'on l'aime ;
Et ſi du Diable on eſt tenté,
Il faut dire à la verité
Chacun eſt ſon Diable à ſoi-même.

En s'exprimant ainſi , ce Poëte ingenieux

est bien éloigné de vouloir donner atteinte à la révelation. Nous respectons comme lui les Livres sacrés ; & notre raison n'a pas besoin d'efforts pour admettre tout ce qu'ils enseignent au sujet des Anges & des Démons, & du pouvoir que Dieu leur donne, quand il veut, sur les hommes. Je suis même porté à croire que Dieu a autant varié les êtres spirituels que les êtres materiels. Si notre seule terre , qui n'est qu'un point à l'égard de l'Univers , a des animaux si nombreux & si differens dans leurs qualités & dans leurs especes, c'est pour moi quelque chose de plus qu'une conjecture, qu'il y a des esprits innombrables entre lesquels il y a une gradation de lumieres , de connoissances & de forces qui surpassent tout ce qu'on peut imaginer.

Mais quand des effets peuvent s'expliquer par des causes prochaines , immédiates & intimes, il n'est pas de la sagesse de recourir à des causes éloignées & disparates. S'autoriser de l'Ecriture Sainte pour justifier de pareils écarts, ce n'est pas la respecter , c'est en abuser. Qu'il seroit à souhaiter qu'il se trouvât quelqu'un qui eût assez de lumieres , de tems , de santé & de courage pour faire remarquer combien l'on abuse de ces sources sacrées où le Fanatisme

va puiſer de quoi colorer ſes folles imaginations. La plûpart des Théologiens aiment
mieux ſe déchirer mutuellement que de travailler à remedier à une profanation dont
la Religion aura toûjours beaucoup à ſouffrir.

La ſuperſtition, vers laquelle les hommes ont un penchant qui n'eſt que trop déclaré, eſt fortifiée & entretenuë par l'interêt d'un grand nombre de perſonnes qui
tirent avantage de la foibleſſe & de la crédulité des Peuples; il y a ſur cet article
une eſpece de monotonie dans tous les
ſiécles & chez toutes les nations. Le Chriſtianiſme naiſſant avoit donné de rudes at-
teintes aux preſtiges des Oracles & à toute
la manœuvre des Magiciens; mais le grand
nombre des Fidéles étoit encore déſintereſſé.
On ignoroit alors cette fauſſe ſpiritualité qui
a canoniſé la mendicité & la faineantiſe. Le
travail des mains étoit en honneur. Au cinquiéme ſiécle parurent des hommes vagabonds, qui, ſous un nom autrefois reſpec-
té, enlevoient par leurs quêtes ce qui auroit dû être employé à la ſubſiſtance des veu-
ves & des orphelins. S. Auguſtin employa
inutilement contr'eux cette plume victorieu-
ſe du Paganiſme & de plus d'une hereſie: on
a vû reparoître la faineantiſe & la mendicité

S. Aug. de
opere Mo-
nachorum,

fous de nouvelles formes ; l'ignorance & la fuperftition, leurs compagnes inféparables, fe font accreditées auprès du Vulgaire. On ne connoît que trop leurs funeftes progrès; leurs Partifans fe font rendus auffi redoutables qu'ils font nombreux.

Quoique la faine Philofophie, qui eft l'accord de la raifon avec la Foi, foit venuë au fecours de la verité, fes ennemis font encore trop accredités pour fouffrir que l'on détrompe ceux que la fuperftition a rendus fes tributaires. Ses défenfeurs prétendent que leurs opinions queftuaires tiennent à la Religion & en font partie ; que l'on ne fçauroit y toucher fans ébranler la Foi. C'eft être incrédule, felon éux, que de contefter ce qu'ils avancent. Ne leur demandez point de preuves ; leurs clameurs leur tiennent lieu de raifons. Ils font retentir les mots de Religion, de Foi, d'Eglife, & à la faveur de ces noms collectifs, de ces expreffions vagues à qui on fait fignifier tout ce qu'on veut, & que l'on apelle fi fouvent au fecours des paffions ; ils animent un Peuple infenfé, dont le zéle eft une aveugle fureur.

Ceci trouvera fon aplication dans ce que nous allons dire.

PREJUGEZ PARTICULIERS.

CES difpofitions génerales que nous a-vons remarquées dans tous les Peu-ples, pour recourir à des caufes furnatu-relles dans les évenemens extraordinaires, fe trouvent fortifiées par les difpofitions par-ticulieres des Habitans de Landes & des Pa-roiffes voifines. On y conferve quelques tra-ditions que je me garderai bien de raporter. C'eft affez qu'elles foient injurieufes à la mémoire de quelques perfonnes pour me porter à en fuprimer le recit. D'ailleurs, quel fond peut-on faire fur des bruits po-pulaires que la malignité & la jaloufie ont pû inventer d'abord ; que la credulité & la médifance ont perpetuées enfuite ? A Dieu ne plaife que je dife rien dans cet Ecrit qui puiffe bleffer perfonne, & fur-tout la famille de M. de Leaupartie à qui on ne peut re-procher que d'avoir donné trop facilement dans l'illufion, & de s'y opiniâtrer malgré tout ce qui devoit la détromper. Mais ce font-là de ces foibleffes qui font plus l'objet de la compaffion que de la cenfure.

Laiffons donc dans la bouche & dans la mémoire des Païfans de cette contrée ces

vents impétueux sentis dans la Maison de
Landes , tandis que l'air étoit calme aux
environs:

Laissons encore les Spectres , les Lutins ,
Ces vieux Démons travestis en mâtins ;
Les Farfadets , les Folets , les Lemures ,
Ces Revenans aux piteuses figures ,
Les Loups-garoux , les Sorciers, leurs Sabats.
Contes pareils sont pour des esprits bas ,
Le riche fond de cent propos frivoles ;
Pour gens instruits ce sont des fariboles.

Telle est néanmoins la matiere la plus ordinaire des conversations des gens de la
Campagne. C'est le principal fond de leur
érudition. C'est-là ce qu'aprennent les jeunes gens dans les veillées , où de vieilles
femmes se font écouter avec une admiration
mêlée de frayeur. Les enfans se remplissent
la mémoire de fables , & l'imagination d'i-
mages qui ne s'éffacent jamais. Placés ensuite en qualité de Domestiques , ils gâtent
à leur tour l'imagination des enfans de leurs
Maîtres. Ces enfans avides de pareils recits,
en demandent tous les jours de nouveaux;
c'est par ce moyen que des Servantes ba-
billardes s'attachent leurs petites Maîtresses.
Or on sçait combien les impressions reçûes
dans l'enfance sont profondes. Les instructions qu'on reçoit ensuite par la meilleure

éducation peuvent les affoiblir ; mais il eſt
rare qu'elles les éfacent entiérement , ſur-
tout dans les perſonnes du Sexe, à qui les
ſciences ſont en quelque façon interdites.
Ces recits fabuleux laiſſent dans le cerveau
des enfans le germe funeſte des imaginations les plus extravagantes , & ouvrent
la porte aux plus dangereuſes illuſions. Les
eſprits ainſi préparés , ſouvent n'ont plus
beſoin que d'une nouvelle impulſion pour
donner dans les plus grands travers. A l'é-
gard des filles de M. de L. il s'eſt trouvé
malheureuſement une main propre à produire d'étranges effets. Cette main a été
ſecondée par pluſieurs autres, & l'ouvrage
a été conduit au point où nous l'avons vû.

Tout concouroit à la ſéduction. Les Ou-
vriers trouverent dans la matiere qu'ils mi-
rent en œuvre les diſpoſitions les plus favorables. Dévotion outrée ; lecture conti-
nuelle de Legendes, qu'une ſage critique n'a
point épurées ; Méditations forcées & mal-
aſſorties à un âge tendre ; recitations multipliées de Roſaires ; Confeſſions & Communions indiſcrétement ordonnées; Hiſtoires enſuite de poſſeſſions & de malefices ; diſcours ſur les Magiciens & les Sorciers; Prônes & Cathéchiſmes où il étoit plus parlé
des Démons que de la Divinité; de l'Enfer

que du Ciel. Telle a été l'éducation bizare &
mal-entenduë des filles de M. de L. Edu-
cation d'autant plus contraire, que ces jeunes perfonnes font d'un efprit vif, pétulant,
ennemi de la gêne & par conféquent de la
dévotion guindée qu'on prétendoit leur infpirer. Les cerveaux les plus fermes auroient
eû de la peine à tenir contre. Combien devoient être odieufes à ces enfans des cloches qui les apeloient à des exercices d'une
longueur accablante ! L'entrée dans l'Eglife.
ou dans le Cimetiere devoit leur caufer une
révolution fubite. Faut-il s'étonner fi la bile,
qui eft l'humeur dominante & le temperament d'une bonne partie de la famille s'em-
brafa & fe noircit ? A ces principes de maladies fe font joints les accidens ordinaires
du Sexe : Trifte complication de maux qui
a fourni les ridicules Scênes que l'ignorance, l'entêtement & l'interêt combinés ont
renouvelées pendant plufieurs années.

Pour mieux connoître les refforts de ces
prétenduës poffeffions, il faut reprendre les
chofes dès leur origine : cela répandra une
lumiere propre à éclairer ceux qui n'ont pas
réfolu de ne fe laiffer jamais détromper.

CARACTERE ET CONDUITE
du Sieur Curé de Landes.

LE recit que l'on va voir & dont le Public connoît la verité, est tiré d'une Lettre qu'une personne de probité, aussi sincere qu'elle est instruite des faits, écrivit il y a quelque temps à un de ses amis. Bien-loin de changer rien au fond des choses, je ne toucherai pas même aux expressions.

LETTRE de M . . . à M . . . au sujet de la prétenduë possession de quelques Filles de Landes.

. . . . . . APrès la mort de M. Robert le Guai, Curé de Landes, M. de Leaupartie se détermina bien-tôt sur le choix d'un successeur. Le Sieur Jean Heurtin, Obitier d'Evrecy venoit d'être interdit au sujet de la fameuse Marie Létoc, autrement la Sainte d'Evrecy. C'étoit un affront, disoit-on, qu'on faisoit à ce bon Prêtre, & une injustice criante de rendre inutile à tant d'ames dévotes un homme si spirituel & si intérieur. L'occasion étoit favorable pour le remettre en emploi & pour lui donner matiere d'exercer son zéle. Il n'y avoit qu'à le nommer à une Cure, & c'est ce qui fut fait.

Deux ans après la fille ainée de M. de L. âgée pour lors d'onze ans, tomba malade, les Médecins furent consultés; mais le Sieur Heurtin, devenu par sa qualité de Curé le Directeur géneral de toute la Famille, eut la principale voix au Chapitre. Il crut voir dans Mademoiselle de Leaupartie ce que personne ne voyoit ; c'est-à-dire, une maladie surnaturelle. Depuis long-temps il étoit accoutumé aux révelations : M. de Launay-Hüe Vicaire géneral de feu M. de Nesmond ne l'avoit que trop éprouvé. Il l'avoit même regardé comme un homme qui avoit besoin de bon & succulent potage.

Ce prétendu Voyant persuada à Madame de L. que les Exorcismes de l'Eglise étoient l'unique remede qu'on devoit employer pour la guérison de sa fille : mais il faloit en obtenir la permission à Bayeux, & on étoit persuadé à Landes que M. de Lorraine & ses Officiers étoient gens qui ne croyoient ni à Dieu ni au Diable ; dumoins M. de Leaupartie s'en étoit expliqué en ces termes au Parloir de feu Madame de Tessé

Abbeſſe de Sainte-Trinité de Caën.

On ne peut cependant révoquer en doute (& les Lettres que M. le Curé de Landes montre encore aujourd'hui en font foi)
que feu M. Peſchard ne ſe détermina à refuſer cette permiſſion qu'après avoir ſçû le
ſentiment de M. l'Abbé le Vaillant Chanoine de Bayeux & proche parent de M.
de Leaupartie qui avoit été prié d'examiner cette affaire. Le témoignage de cette
perſonne éclairée & ci-devant Theologal
ne pouvoit être ſuſpect ; il ne fut cependant pas crû. Car le Sieur Heurtin voyant
qu'il ne pouvoit pas avoir la conſolation
d'eſperer, par ſon miniſtere, la guériſon
de Mademoiſelle de L. il fut obligé de la
remettre aux ſoins & à la charité des Capucins, & des Eudiſtes de Coutances. La
jeune Demoiſelle revint, dit-on, bien
guérie après avoir fait ſa premiere Communion, & le ſieur Heurtin mît toute ſon
aplication à cultiver cette jeune plante, &
à l'admettre aux exercices de la plus haute ſpiritualité. On ſçait aſſez qu'un des plus
grands attraits de ce Curé eſt de Confeſſer:
auſſi a-t'il employé la plus grande partie de
ſon tems au Confeſſionnal ?

Madame de L. entroit parfaitement bien
dans ſes intentions : il ſembloit qu'elle étoit

charmée d'avoir des filles pour fournir des
fujets au pieux zéle de fon cher Curé fi entendu en direction. Trois Méditations ré-
gulierement par jour , deux ou trois Confeffions & Communions par femaine, la ré-
citation du grand & du petit Rofaire , des
lectures de pieté en commun dans l'Eglife;
voilà les exercices de pieté qui fe font prati-
qués dans la Paroiffe de Landes, depuis
que le Sieur Heurtin en a été Curé.

A mefure que les Filles de M. de L. ont
avancé en âge , elles ont attiré l'attention
de leur Directeur pour les faire marcher à
grands pas dans le chemin de la plus émi-
nente perfection. Toute la Paroiffe de Landes voyoit avec édification de jeunes filles
de condition prier & méditer jufqu'à huit
& neuf heures du foir dans l'Eglife, à la
compagnie de leur Curé. C'eft cependant
le corps de ces Demoifelles que le Démon
a choifi pour y faire fa réfidence depuis plus
de trois ans.

Au mois de Mai de l'année mil fept cens
trente-deux , la plus jeune des quatre âgée
de neuf ans fut attaquée d'une groffe fié-
vre. Le Curé fut le premier qui , au bout
de huit jours, s'apperçût qu'il y avoit encore
de l'extraordinaire dans cette maladie. Cette
jeune enfant raconta à fa mere & au Sieur

Heurtin qu'elle avoit vû un jeune homme
vêtu de blanc, qui lui avoit dit qu'elle auroit beaucoup à souffrir; mais qu'il faloit
employer beaucoup de Prieres & sur-tout
les Exorcismes de l'Eglise, & qu'elle seroit un jour guérie. Quelque-tems après on
entendit cette jeune fille, qui avoit sucé la
pieté avec le lait, jurer, blasphemer contre
J. C. proferer des sermens exécrables, manquer de respect à son pere & à sa mere, &
particuliérement aux Prêtres, se jetter dans
l'eau, &c.

On vit aussi-tôt le Sieur Curé recourir
aux Exorcismes. La chose se fit d'abord se-
crettement : on eut ensuite une permission
en régle de M. le Fort, Chanoine & Vicaire Géneral de M. de Luynes. Alors il
n'y eut plus de mistere, & le bruit se répandit par-tout que la plus jeune des filles
de M. de L. étoit possedée. Parmi les Curés voisins, qui prirent d'abord interêt à
un évenement si singulier, le Sieur Curé
de Neuilly fut celui qui se signala avec
plus de zéle. Il partagea pendant deux mois
la fatigue avec le Sr. Heurtin : il crioit hautement à la possession. Aussi fut-il bien ré-
compensé, M. de L. lui fit présent d'une
belle demi-douzaine de cuilliers & de fourchettes d'argent gravées de son nom, aux

lettres A. & L. ce qui fignifie ANTOINE
LOUVET.

Le Public cependant attendoit ce qui fe
devoit paffer le jour de S. Loüis. La petite
Claudine, dans les interrogations qu'on
lui avoit faites, avoit réïteré que le Diable
qui la poffedoit & qui s'apeloit Crevecœur,
fortiroit précifément ce jour-là. Le Sr. Heurtin n'en douta pas, il annonça à la Meffe
de Paroiffe qu'on eût à fe trouver ce jour-
là à l'Eglife pour rendre graces à Dieu; plufieurs perfonnes, tant du Clergé que de la
Nobleffe, furent invitées à la cérémonie.
M. de L. avoit fait préparer un grand dîné:
la chofe le méritoit bien; il comptoit que le
Démon fortiroit du corps de fa fille: fon
époufe & fon Curé l'en avoient également
affûré. Que ne feroit pas un pere en pareille occafion? Le Diable fortit en effet,
dit-on. Le Seigneur en fut folemnellement
remercié par toute l'affiftance. Le Sr. Heurtin avoit réfervé ce jour-là fa Meffe pour
l'action de graces, il fut encore plus long
qu'à l'ordinaire; il paroiffoit tout tranfpor-
té de ce qui venoit d'arriver. Dans fon En-
toufiafme qui duroit encore après la Meffe,
il dît dans la Sacriftie à un Curé voifin ces
paroles remarquables: ,, Mon ami, je viens
,, de réüffir à la petite Claudine: on verra que

„ je réüffirai de même au Bié-heureux Walfri-
„ de, & on fera forcé de reconnoître l'efprit
„ qui faifoit parler la bonne fille d'Evrecy.

Il fit acheter dans ce tems-là à Paris un
Livre qui faifoit alors beaucoup de bruit,
c'étoit la vie de Marie Alacoque. Cet Ouvrage étoit entiérement de fon goût; „ il me,
„ fert beaucoup, difoit-il, pour travailler à
„ certaines chofes, qui un jour ne paroîtront
„ pas moins furprenantes. Ce qui arriva le
Carême fuivant, lui fit interrompre fes lectures de fpiritualité & fes collections fur
la vie myftique ; le Diable lui tailloit bien
d'autres befognes.

La petite Claudine, âgée alors de dix ans
fut reprife d'accès de fureur femblables à
ceux qui avoient précedé fa prétenduë guérifon ; je dis prétenduë, car les Domeftiques de la maifon difoient à leurs amis qu'ils
n'y avoient jamais vû de changement, excepté dans l'Eglife où elle étoit plus tranquile. Dans le même-temps la feconde fille
de M. de L. nommée Mademoifelle de Landes, tomba dans une langueur & dans un
dérangement d'eftomac qui ne lui permettoit pas de garder la nourriture qu'elle pre-
noit. Mais on reconnut bien-tôt la même
maladie de la petite Claudine : elle la fur-
paffoit même par la violence de fa fureur,
fur-

sur-tout au sujet des choses de la Religion
& pendant la Messe, où elle étoit long-
tems comme sans connoissance.

On aprit quelques jours après que Mademoiselle de Leaupartie étoit aussi attaquée
comme ses sœurs, dont elle est l'ainée:
c'étoit une espece de retrogradation. Enfin
en moins d'un mois on eut tout sujet de
croire qu'il s'étoit fait un détachement de
Diables pour investir la Paroisse de Landes.
Les deux Sœurs de l'Ecole, la servante du
Curé, la fille du Maréchal & une servante
de basse-court de la Maison de M. de L.
tomberent entre leurs mains & servirent
d'ôtages. Voilà bien de l'ouvrage pour le
Curé de Landes; il crut voir des Diables
par-tout; il en parloit en toute occasion;
il ne faisoit point de Catéchisme aux enfans
que le pouvoir des Démons ne fût allegué.
Dans les visites qu'il faisoit aux malades,
son premier soin étoit de faire en entrant
des Signes de Croix sur la tête, la poitrine, les pieds du malade & aux quatre coins
du lit.

Une jeune Veuve de la Paroisse le pria
de venir voir un petit garçon qu'elle avoit,
âgé d'environ treize à quatorze ans, qui
étoit très-mal. Le Sieur Heurtin en entrant
commença par les Signes de Croix : la mere,

I

un peu vive de son naturel, lui demanda la raison de cette nouvelle cérémonie dans la visite des malades : le Curé lui répondit gravement & avec un ton de Prophete. Ma chere Demoiselle, nous avons des remedes plus efficaces que ceux des Médecins. L'esprit de ténebres a la plus grande part aux maladies des hommes : vous verrez dans la suite pourquoi j'en agis ainsi ; elle le reconnut en effet. Cette mere affligée d'avoir perdu son enfant, eut encore la douleur peu de tems après d'aprendre que M. de L. avoit fait à Caën une tentative qui ne tendoit à rien moins qu'à la deshonorer elle & sa famille. Sa Sœur après avoir demeuré quelque tems à Landes, a été mariée au sieur Froger, & son domicile est dans la ruë des Carmes. Le Sieur Curé de Landes crut avoir des connoissances particulieres qui l'autorisoient, selon lui, à persuader à M. de L. qu'il découvriroit les malfaicteurs & la cause de la maladie de ses filles. En effet, ce Gentilhomme, pour qui toutes les paroles de son Curé sont des Oracles, fut à Caën & demanda à M. de Vastan Intendant de cette Ville, des Cavaliers de la Maréchaussée pour lui aider à faire une perquisition chez le Sr. Froger. On prît pour prétexte le soupçon de quelques mar-

chandifes de contrebande, on croyoit trouver un prétendu pacte dans le grenier entre deux poutres; mais c'étoit une pure imagination , & on ne trouva rien.

Cette expedition ne fit pas beaucoup
d'honneur à M. de L. Le Curé prétendit
couvrir fon jeu ou fa foibleffe , en difant
que pendant la nuit on avoit enlevé ce Pacte ; & que cette nuit même , étant cou-
ché , il avoit fenti qu'on lui avoit foufflé
dans l'oreille. La défaite étoit auffi miferab-
ble que la démarche étoit témeraire & in-
jurieufe.

Cependant les Diables de Landes s'accré-
ditoient d'une étrange façon : on n'enten-
tendoit que cris, qu'hurlemens , que blafphêmes : on voyoit ces filles tomber éva-
noüies , faire des grimaces horribles , tenir dans l'Eglife les poftures les plus indécentes, les difcours les plus impies : tout
le Public étoit frapé d'un évenement fi fingulier. M. de Luynes qui étoit pour lors
à Paris en fut informé; il manda à fes Grands
Vicaires d'y donner toute leur attention.
Huit ou dix Curés du voifinage furent
nommés pour faire des Exorcifmes & dref-
fer des Procès-verbaux de tout ce qui fe
pafferoit; mais ils ne s'accorderent point entr'eux , & après dix ou douze jours de tra-

vail il falut se séparer, sans avoir fait autre chose que de donner bien de l'exercice à ces Demoiselles. M. de Bayeux ne fut pas très-content de leur conduite, il approuvoit les uns, il blamoit les autres; & M. de Creuly Supérieur des Eudistes de Caën, décida nettement qu'ils étoient tous des ignorans qui ne sçavoient pas leur métier.

A son retour de Paris, M. de Bayeux fut fort sollicité de venir à Landes; il n'avoit pas beaucoup d'envie de hazarder le voyage; il prît le parti de faire venir ces Demoiselles à Villers: il les vit, il leur parla; il reçut même un soufflet, & dès lors il crut qu'il n'y avoit que le Diable qui fût capable de s'échaper à une pareille irréverence; il ne douta plus de la possession.

Peu s'en falut, dit-on, qu'il ne fit une Lettre Pastorale pour en prouver la réalité. Ce qui est certain, c'est que ceux qui en doutoient n'étoient pas bien venus chez lui. M. de L. lui demanda de nouveaux Exorcistes, & un homme de tête qui pût présider à tout. M. de Creuly fut nommé, & on le vit arriver à Landes avec d'autres Eudistes, bien résolus de débusquer le Diable d'un si beau terrain qu'il occupoit depuis si long-tems.

Le S. Sacrement fut exposé dans l'Eglise de Landes , le Prélat y fit plusieurs voyages. On se mît vivement aux trousses du Diable ; mais plus on le tourmentoit, plus il sembloit faire le difficile. On le harceloit fort , sur-tout pour sçavoir s'il y avoit un Pacte, & en quel lieu il s'étoit fait. Le Sieur Heurtin n'en doutoit point : mais il le faloit faire dire au Diable. Quoiqu'il soit apelé le pere du mensonge , on étoit pourtant disposé à le croire sur sa parole. Le Pacte , dît-il , avoit été fait à Caën ; mais il varia fort sur l'endroit précis. Tantôt c'étoit à S. Nicolas dans une petite maison , tantôt c'étoit à S. Jean. Le nombre des complices devoit être de trois ; on n'osoit hazarder les noms.

Cette seconde tentative des Exorcistes dura près d'un mois ; on faisoit très-souvent communier les Possedées, & même malgré elles : on leur ouvroit la bouche à force , & lorsque le Prêtre qui disoit la Messe trouvoit le moment favorable , il couloit promptement l'Hostie ; des personnes dignes de foi assurent avoir vû Mademoiselle de L. la cracher & la rejetter. Le Sieur Heurtin qui voyoit tout le monde révolté contre une pareile profanation , n'en étoit que plus attaché à son sentiment , assurant qu'il fa-

loit qu'elles communiaſſent fréquemment
pour mortifier le Diable.

Le Sieur de Creuly eſperoit toûjours la
victoire ſur le Démon. Ce Maître fourbe
le lui avoit même promis, en faiſant entendre que la veille de la Touſſaints il ſorti-
roit ſans faute. On fit pour cela la même
céremonie qu'on avoit faite le jour Saint
Loüis.

Un des Vicaires Géneraux dît ſolemnel-
lement la Meſſe, l'Exorciſme fut fait dans
toutes les formes. On crut le Diable ſorti.
Dieu en fut remercié, le *Te Deum* fut chanté au ſon des cloches; mais pendant l'alle-
greſſe qu'inſpiroit un ſplendide dîné, le
Diable rentra au logis. M. de Creuly bien
déconcerté fut obligé de l'abandonner, après
lui avoir fait bien des reproches & dit
maintes injures.

M. de Luynes commença alors à s'inquié-
ter, il croyoit cependant toûjours la poſſeſſion réelle & certaine; mais il en vouloit
voir au plûtôt la fin. Il employa toute ſon
éloquence pour perſuader au pere & à la
mere de ſeparer leurs filles : il offroit de
les faire recevoir chacune dans une Communauté. M. de L. paroiſſoit aſſez goûter
la propoſition ; mais ſon épouſe n'y voulut
entendre en aucune maniere, & proteſta

qu'elle ne fouffriroit jamais que fes filles
fortiffent de chez elle. On en voyoit la
raifon, il eût falu quiter le Directeur qui
penfoit comme elle.

Ce refus opiniâtre déconcerta un peu le
Prélat, il fçavoit d'ailleurs une partie de ce
qui fe difoit dans le Public fort furpris de
voir une perfonne qui a autant d'efprit,
donner fi facilement dans les idées, ou plûtôt les rêveries d'un Prêtre, qu'il avoit
lui-même traité de vifionnaire en plein Si-
node, au fujet de la dévote d'Evrecy. C'eft
ce qui lui fit prendre la réfolution de faire
venir à Caën les prétenduës Poffedées, &
de faire fubir au Diable un nouvel examen,
en prefence des Docteurs des deux Facul-
tés de Théologie & de Médecine, & des
Supérieurs des Communautés, tant Janfé-
niftes que Moliniftes indiftinctement. Ces
Mrs. virent, entendirent, examinerent chacun felon les régles de leur art & les principes de leur fcience.

Le Rituel du Diocèfe où font marqués
les fignes d'une véritable poffeffion, fut confulté. On ne reconnut point ces fignes dans
ces Demoifelles : les Médecins voyoient à
la vérité des filles qui paroiffoient infenfibles dans leurs Syncopes ; mais l'experience qu'ils ont de pareilles maladies les em-

pêchoit d'attribuer ces accidens à une puif-
fance diabolique, fçachant bien quels font
les effets de la nature, fur-tout dans un
Sexe fujet à d'étranges révolutions, tant
pour le corps que pour l'efprit.

Celle des Poffedées, qui attiroit plus
l'attention & qui fe faifoit plus remarquer,
étoit la fervante. Auffi ce fut à elle que les
Médecins s'apliquerent davantage, comme
ayant plus de forces pour foutenir la violence des remedes. Elle fut tourmentée en
differentes manieres : on la piquoit, on lui
brûloit la peau , & elle ne montroit point
de fentiment. Il n'y eut que l'efprit de fel
armoniac, que le Sieur Desfontaines-Bou-
lard Chirurgien lui enfonça dans les nari-
nes, qui fit un effet auquel M. & Madame de L. ne s'attendoient pas. Les larmes
coulerent d'abord des yeux de cette fervante ; elle jura enfuite contre les B. de Médecins & le B. de Chirurgien qui avoit fait
l'Opération. Etant tombée quelques momens après en fyncope devant les mêmes
perfonnes, dès qu'elle vit le Sieur Boul-
lard s'aprêter à lui donner un pareil remede, elle fortit de cet état affecté, & cria
qu'elle vouloit s'en retourner, & qu'elle
ne demeureroit pas davantage à Caën entre les mains de ces B. de Médecins qui la

réveilloient si incivilement. Ce fut aussi le
parti que prît M. de L. Ses filles s'en retour-
nerent à Landes dans le même état qu'elles étoient venuës à Caën.

M. de L. ne perdit pas encore courage ;
il aprît qu'il y avoit à Paris un Prêtre nommé Charpentier qui avoit une grande réputation au sujet des obsessions & possessions du malin esprit : il engagea M. l'E-
vêque de Bayeux à lui écrire pour le prier
de venir. On ne put d'abord obtenir cette
faveur d'un homme accablé d'affaires & si
nécessaire dans une Ville telle que Paris,
où le Clergé étoit, disoit-il , tout perver-
ti , & où le Diable faisoit tant de ravages.
Il falut se contenter du Sieur d'Herbinie-
re, le disciple & le digne éleve du fameux
Docteur Charpentier. Cet Exorciste sub-
alterne qui avoit été chassé de la Paroisse
Sainte Opportune , où il étoit Vicaire , à
cause de ses rêveries au sujet des Diables,
trouva à Landes une bonne maison; aussi
y resta-t'il trois mois sans mériter le bon
traitement qu'on lui faisoit. Tout son ouvrage, qui ne fut pas pénible , fut de confirmer de plus en plus le Sieur Heurtin
dans ses opinions.

Un peu plus d'un siécle auparavant il se
trouva à Caën un Imposteur qui se joüa de

la crédulité du Public ; mais il ne faut pas un siécle pour éfacer les impressions de défiance que l'imposture devroit laisser dans les esprits ; les hommes se succedent & ne profitent point de l'experience de ceux qui les ont précedés. Ce modele du Sr. Charpentier étoit le fameux Robert Bisson, apelé communément le Prêtre de Bellouët. Ce Thaumaturge se mêloit de faire marcher les boiteux, & de rendre la vûë aux aveugles, &c. C'est quelque chose d'incroyable que l'affluence de ceux qui se rendoient auprès du faiseur de Miracles dans l'attente d'une prompte guérison. Ce grand crédit fut presque entiérement détruit par l'impuissance où le Prêtre se trouva de délivrer une femme possedée, ou qui passoit pour telle. Il avoit promis positivement sa guérison : il employa pour cet effet le jeûne, ou ses aparences, avec force Oraisons, voulant persuader au Peuple que ce Démon étoit de l'ordre de ceux dont le Sauveur parle, en S. Mathieu, Chap. xvii. Ses préparatifs furent inutiles. Cet échec ouvrit les yeux à beaucoup de personnes ; la foule se dissipa, & Robert Bisson n'eut plus la vogue que pour les fiévres. *

* Apol. Pour. Her. Tom. 2. Chap. xxxix. de la derniere Edition, depuis la page 368. jusqu'à la page 416.

Comme rien ne finissoit à Landes , & que le Serviteur du Prophete n'operoit rien, le Sieur Charpentier se laissa enfin fléchir. il voulut bien se dérober à ses grandes occupations de Paris, pour venir reconnoître un Diable Normand qui faisoit tant de bruit.

Il arrive pour cet effet à Caën. Le Sieur Montfleury Chanoine de Bayeux , qui depuis la possession étoit, pour ainsi dire, le Commensal de M. de L. & le Maître des Cérémonies dans l'Eglise de Landes , alla au-devant du Voyant , fit les honneurs de la réception & le conduisit à la Délivrande. *

De-là ils se rendirent à Landes , où M. de Bayeux arriva aussi-tôt. Le Prélat eut plusieurs conférences avec le Docteur prétendu qui lui promit merveilles. Pour le coup on ne doutoit plus dans la famille que l'affaire ne fût bien-tôt finie ; le Curé de Neuilly en étoit convaincu. Pour celui-là, s'écrioit-il, en parlant du Sieur Charpentier , il réüssira , il s'y prend trop bien; on voit bien qu'il a un talent que nous n'avions pas. Cet aveu étoit humble & tout

_____

* La Délivrande est un Bourg situé à trois lieuës de Caën, sur le bord de la Mer. On y va en Pelerinage, & le revenu en est employé à la subsistance des Chanoines de Bayeux.

simple ; mais l'évenement ne juſtifia pas ſa
prédiction & ſon attente.

Le Sieur Charpentier promit à M. de
Luynes , qu'au retour des viſites qu'il faiſoit dans ſon Diocèſe, il trouveroit les choſes en état, & qu'on n'auroit plus beſoin que
de lui pour y mettre la derniere main. M.
de Bayeux le crut bonnement ; & pour donner encore plus de luſtre au triomphe que
l'on préparoit , il envoya à Landes une fille de Vire , que l'on diſoit auſſi poſſedée;
c'étoit une affreuſe mélodie que le concert
que tous ces Diables aſſemblés faiſoient
chez M. de L. & ſur-tout dans l'Egliſe.
Deux mois ſe paſſerent en préparatifs, le
Public s'ennuyoit, & les gens de bon ſens
eurent plus de tems qu'il ne leur faloit pour
reconnoître que le nouvel Eliſée étoit un
franc impoſteur, un vendeur d'orvietan,
qui ſe répandoit beaucoup en paroles , &
qui ne tariſſoit point ſur ſes propres loüanges. Pour ſe rendre plus important , il diſoit qu'il n'avoit jamais vû une poſſeſſion
plus averée & plus complette. Il prétendoit
parler au Diable par le commandement intérieur : c'étoit par ce ſtratagême & ce tour
de ſoupleſſe qu'il en avoit d'abord impoſé.
Mais le Prélat ouvrit enfin les yeux , il
commença par ordonner à ce Tartufe de

fortir de fon Diocèfe : Quelque tems après le Sieur Heurtin reçut un ordre de la Cour de fe rendre à l'Abbaye de Belleftoile, Ordre de Prémontré, où il eft actuellement, foutenant toûjours que les Demoifelles de L. ne feront point délivrées que le corps d'Abraham Walfride ne foit levé de terre. On dit auffi que la principale lecture de ce Curé dans fa retraite, eft d'un Livre qui a pour Titre : *De Arte Magicâ, &c.* compofé par un P. J.

Le dernier coup de fageffe & d'autorité, qui a été frapé par M. de Bayeux, eft l'enlevement des Demoifelles de L. & leur répartition dans differentes Communautés, tant à Caën qu'à Bayeux, où la prudence des Religieufes & leur exemple ont rendu à ces filles une tranquilité que tous les Exorcifmes n'avoient pû leur procurer. C'étoit le parti qu'on auroit dû prendre dans les commencemens ; il en eût été mieux pour la fortune de ces Demoifelles, & pour la réputation de beaucoup de perfonnes.

REFLEXIONS *sur la Lettre précedente.*

LA verité des faits allegués dans cette Lettre, eſt d'une notorieté publique. S'il y manque des circonſtances, & s'il y a peu de détail, c'eſt que l'Auteur ſagement timide n'a rien voulu hazarder de douteux. Le peu qu'il nous aprend ſuffit pour établir le caractere du Curé de Landes, & pour faire ſentir les pitoyables illuſions où il paroît s'être enfoncé ſans retour.

Pour faire connoître juſqu'à quel point ſon eſprit eſt frapé ; j'ajoûterai deux faits que je tiens de deux perſonnes de qualité témoins oculaires.

Le Sieur Heurtin étoit encore * Obitier d'Evrecy, lorſqu'au milieu d'un dîné qu'il donna à quelques perſonnes qui étoient venuës le voir, il ſe mît à rêver quelques momens, & ſortant enſuite de ſa rêverie comme d'une extaſe : ʺ Evrecy, s'écria-t'il, tu ʺ n'es maintenant qu'un petit Bourg ; mais ʺ un jour la Ville de Caën ſera moins con-

---

* On apelle un Obitier en Normandie un Prêtre qui aide à aquiter les Fondations.

» fiderable que toi. Cette exclamation prophetique caufa de l'étonnement parmi les
Convives. On le pria de s'expliquer ; il le
fit en peu de mots , après quoi la compagnie s'étant levée il la conduifit dans fon
Jardin. C'eft peu de chofe , dit-il , Mef-
fieurs , que ce petit Jardin : mais je le pré-
fere à un Royaume. On lui demanda la raifon d'une telle préference ; & on fe douta
bien qu'elle partoit du même efprit que la
vifion prophetique. » C'eft ici , ajoûta-t-il ,
» que fut martyrifé le bien-heureux Abraham
» Walfride: jugés combien un lieu arrofé d'un
« fang fi précieux me doit être cher & ref-
» pectable. On lui demanda quelles preuves
il avoit que la chofe fut ainfi : Je n'en puis
douter , dit M. Heurtin , la fainte fille me
l'a fait connoître, & Dieu lui-même a dai-
gné me le réveler.

Un autre jour Mademoifelle D. L. F. qui
étoit depuis quelque temps chez M. D. C.
G. vint accompagnée de ce Gentilhomme
rendre vifite à M. Heurtin qui fe trouva
alors avec Monfieur de Vafc. fon ami & fon
plus zêlé partifan. On s'achemina au lieu
qui doit fervir de tombeau à Abraham Walfride. Le Sieur Heurtin & M. de Vafc. chemin faifant , relevoient le mérite du Saint,
& affuroient que fon tombeau exhaloit une

merveilleufe odeur. On fe baiffe , on ap-
plique le nez à une ouverture que le peuple avoit faite à force d'en enlever de la
terre, que l'on regardoit comme un ex-
cellent febrifuge. Eh bien ! dît M. Heurtin à Dademoifelle D. L. F. qui s'étoit con-
feffée à lui depuis peu , que dites-vous de
cette odeur ? La Demoifelle en fille d'efprit s'excufa fur un refte de rhume. M. de
Vafc. qui flaira de nouveau cette ouverture , fe releva , en s'écriant , qu'il n'avoit
jamais fenti rien de femblable , & qu'il étoit
tout embaumé. Le tour de flairer vint à M.
D. C. G. mais il ne trouva qu'une odeur
de terre remuée & un peu humide. M. de
Vafc. fronça le fourcil , fe fâcha & mît ce
Gentilhomme au nombre des incredules. Il
>> n'eft pas donné à tout le monde de croire,
>> dit M. Heurtin d'un ton dévot , & il faut
>> que l'âme foit dans de certaines difpofitions,
>> pour joüir d'une telle faveur.

Un homme fortement & vivement perfuadé eft propre à perfuader plufieurs autres,
fur-tout lorfque cet homme eft d'une conduite réguliere , d'un air compofé , d'un
modefte maintien , d'un accent dévot &
d'une figure revenante. Ces qualités exterieures propres à prévenir ceux qui ne vont
jamais au-delà de la furface des chofes, ac-
quirent

quirent des Proselites au Sieur Heurtin.
Mrs. de L. & de Vasc. furent les plus distingués : la devote d'Evrecy fût pour eux
une fille toute miraculeuse, quoique le
plus leger examen eût dû les détromper. On
les vit, sur une vaine prédiction de cette
fille imbecile, passer toute la nuit une
veille de l'Ascension, dans l'attente d'un
Prodige qui devoit venir d'enhaut. Sur les
dix heures du soir brillerent au loin quelques éclairs produits par la chaleur qui a-
voit été fort grande ce jour-là. Ce fut pour
ces Messieurs, confondus dans la multitu-
de accouruë de tous côtés, autant de précur-
seurs & comme le prélude du miracle. Les
nuages furent dissipés par un vent frais, le
Ciel devint serein, l'heure de minuit impatiemment attenduë sonna, rien ne parut. On attendit jusqu'à deux heures, &
on ne vit rien que le crépuscule du matin
qui annonçoit le retour de la lumiere.
Vous verrés, s'écria M. de Vasc. plein de
honte & de dépit, qu'il se sera trouvé ici
quelques chiens de Janfenistes qui auront
fait manquer le miracle.

Nous pourrions ajoûter à M. de Vasc.
M. de S. A. son frere. Quoique moins igno-
rant, c'est encore un zélé partifant du Sr.
Heurtin, & un vigoureux deffenseur des

K

poffeffions : On l'a vû plus d'une fois, ainſi que ſon frere , l'épée à la main dans la maiſon & dans la Sacriſtie de Landes frapant l'air d'eſtoc & de taille , dans le deſſein d'atteindre les Sorciers que l'on croyoit infecter ces lieux. Malheur aux Chauve-ſouris qui auroient eû la témerité de ſe trouver à de pareilles céremonies !

Ces Gentilshommes ont été fortement apuyés par deux freres auſſi Gentilshommes & à peu près du même caractere. Ce ſont de ces perſonnes qui croient fortement voir & entendre ce qu'ils ont une fois vivement imaginé. L'aîné Ch. de B. a eû bonne part aux exorciſmes , & on dit qu'un jour il fut tourné en ridicule par le Diable , ou par la Demoiſelle (c'eſt tout un pour les poſſeſſionniſtes) parce que ſa figure lui déplaiſoit. Cet Eccleſiaſtique, plus dévot qu'éclairé , vouloit perſuader un jour à un homme d'eſprit que la poſſeſſion étoit véritable: celui-ci alleguoit qu'il y avoit une infinité de gens de bon ſens qui n'en vouloient rien croire. Il faut que ce ſoit des Apellans, ou du moins des Janſeniſtes, lui répondit le Chanoine : point du tout, repliqua l'autre, ce ſont des Acceptans & de fort bons Conſtitutionnaires. Hé bien ! dumoins, dît le Chanoine, vous verrez, prenez-bien garde à ce que je vous dis , que ce font des gens qui ne veulent pas croire le Pape infaillible. A cette raifon , qu'il étoit impoffible de deviner , l'homme d'efprit s'éclata de rire , & il n'a pas manqué de faire part à fes amis d'une fi rare découverte.

Voici encore un Poffeffionnifte à peu près du même genie. C'eft le fieur Martine qui difoit avoir vû la groffe Angelique paffer comme une aiguille à travers le trou d'une ferrure. Ce Prêtre Eudifte qui a été Supérieur d'un Seminaire dans le Cotentin , racontoit cette merveille en prefence d'un Officier , dont la Charge importante tient du Civil & du Militaire. Quoi , dît ce Gentilhomme , vous avez vû paffer cette groffe fille par le trou d'une ferrure ? Oüi repliqua l'Eudifte d'un ton mal affuré. Vous l'avez vû ? repartit l'Officier , de ce ton dont il déconcerte les Criminels. L'Eudifte à qui il reftoit encore quelque pudeur , n'ofa continuer d'affirmer ce qu'il avoit fauffement avancé : je ne l'ai pas vû, dit-il, Monfieur ; mais je l'ai oüi dire à des perfonnes , & c'eft comme fi je l'avois vû moi-même.

A ces vifionnaires, joignons le Sr. Charpentier qui difoit avoir vû le Diable fous une figure terrible. Outre les cornes dont on a toûjours foin de le parer·, il avoit un œil de poule & un œil de perdrix (il faloit le regarder bien éfrontément pour en faire une defcription fi exacte.) Ce Diable pouffoit hors de fa gueule une langue toute de feu & d'une énorme longueur, comme un Pivert qui chaffe aux fourmis. Cette langue formoit une figure fpirale, elle s'avançoit fur un fens & rentroit fur le fens opofé, comme une vrille ou un foret.

L'ingenieux Callot dans un * Tableau burlefque
Aux yeux n'offrit jamais Image plus grotefque,
Quand fon pinceau badin fous mille traits divers
Peignoit le noir Satan au milieu des deferts,
S'éforçant de troubler dans fes longues prieres
L'imperturbable chef de tous les folitaires.

Réüniffons maintenant tous ces caracteres d'efprit, & joignons-les aux Préjugés communs & particuliers ; il fera facile au Public de porter fon jugement fur cette prétenduë poffeffion, dont on l'a amufé, ou fatigué pendant quelques années. Ce jugement eft d'autant plus aifé à porter, que l'éloignement du Curé & la difperfion des filles que l'on a placées en divers endroits, ont dévoilé toutes ces illufions. Ce font des orgues qui ne joüent plus, de-

* Les Tentations de S. Antoine.

puis que l'on a retiré les foufflets qui fervoient à les animer.

EXAMEN SOMMAIRE DU
Memoire par lequel on a prétendu réa-liser la poffeffion.

POUR refuter le Mémoire que M. de
L. a prefenté aux Médecins & à quelques Docteurs de Sorbonne, il n'eft pas néceffaire de fuivre pied à pied cet Ecrit. Il
ne peut en impofer qu'à des Etrangers, qui,
par leur éloignement, font hors d'état de
s'informer avec quelque exactitude de la
verité d'une relation où l'on allegue ce qui
eft propre à éblouïr, & où l'on fuprime ce
qui pouroit éclairer.

Nous ne dirons point que M. de L. ait agi
contre le témoignage de fa confcience, ni
qu'il ait permis à fon Ecrivain d'alleguer des
fauffetés à lui connuës. Nous fommes per-
fuadés qu'il a trop de probité pour ufer de
baffes fupercheries, indignes, non-feule-
ment d'un homme de condition, mais de
quiconque a un peu d'honneur : on ne peut
lui reprocher qu'une foible & opiniâtre
crédulité. Nous dirons cependant, fans a-

voir deſſein d'offenſer perſonne, que le Mémoire eſt ſubreptice & obreptice : Que
l'on me ſouffre ces termes que le Droit a
conſacrés : le faux eſt allegué , & la verité
eſt ſuprimée. Il y a beaucoup de circonſtances diſſimulées ; pluſieurs faits ſont mis
dans un faux jour : les témoignages ſont
artificieuſement confondus.

On y tait la verité, puiſqu'il n'y eſt point
parlé de l'Examen des Médecins de Caën,
ni du Jugement qu'ils ont porté de l'état
des Filles de M. de L. On ne dit rien du
refus que firent pluſieurs Docteurs , &
d'autres perſonnes éclairées d'y reconnoître du ſurnaturel ; on ne parle point d'une
infinité d'éxorciſmes ſans ſuccès.

Le Mémoire fait même entendre que les
Superieurs ont refuſé d'accorder ce ſoulagement aux prétenduës Poſſedées : il ne
faut pas s'en laiſſer impoſer par le préam-
bule qui n'a été compoſé qu'après que la
décifion a été obtenuë. La Conſultation a-
voit été preſentée ſans cette maniere de
Préface ; ce qui a fait une eſpece d'illuſion
aux douze Docteurs de Sorbonne.

EXAMEN DES ARTICLES
qui ont servi de fondement à la Réponse au Mémoire.

RIEN de plus sensé que la décision des Médecins de Paris. Ces habiles gens, dont le mérite est connu dans une bonne partie de l'Europe, n'ont rien voulu hazarder. Ils ont fait un triage judicieux ; de quarante articles, ils en rebutent trente-six, & statuënt uniquement sur quatre, où les faits énoncés surpassent les forces de la nature : & ne peuvent être expliqués par aucun principe Physique. M. de L. pouvoit s'épargner la dépense & la fatigue d'un voyage de Paris. Tout le monde eût décidé de la même maniere en Province ; mais avant que de prononcer, les personnes judicieuses lui eussent demandé de bons garants de ce qui est avancé dans le Mémoire. Les Médecins de Paris n'ont pas crû devoir entrer dans la discussion d'une affaire qui leur est étrangere & indifferente. Ils supposent les faits. Pleins de politesse, ils font l'honneur à M. de L. de croire l'Ecrivain qui a travaillé à sa priere, ou à ses or-

dres. A Caën on auroit été moins complaifant & plus difficultueux , on auroit objecté que chaque fait eft fingulier , & n'eft
arrivé qu'une fois, de l'aveu même de l'Auteur du Mémoire ; que les circonftances du
jour & de la nuit n'y font point exprimées,
excepté dans l'un des cas ; que dans trois
de ces faits prétendus décififs , on ne cite
pour témoins que des Domeftiques , dont
on n'exprime ni le nombre , ni l'âge, ni
le Sexe : ce feroit-là bien des défauts dans
une procedure reguliere. On auroit auffi
objecté que lors qu'on expofe que la perfonne fufpenduë étoit fans aucun apui fous
les pieds , on ne dit point , fi elle n'étoit
point accrochée par quelqu'autre endroit;
que l'on n'a point donné la defcription du
* Puits , ni des fenêtres, ni des corniches,
qui par leur fituation , leurs dimenfions &
leur conftruction pouroient faire difparoître tout le merveilleux. L'Ecrivain de M.
de L. a fuprimé ou déguifé tout ce qui auroit fait fentir à des perfonnes éclairées
qu'il étoit trompé, ou qu'il cherchoit à
tromper. Il s'eft exprimé à la façon des Oracles & en peu de paroles ; mais il refte dans
fes allegations affez de caracteres pour les
rendre fufpectes.

* On affure que ce Puits étoit rempli

I. Chacun des faits prétendus qui forment les quatre Articles essentiels, font singuliers & ne font point arrivés plusieurs fois : cette singularité d'évenement est fort sujette à l'illusion. Est-on bien en état de rendre un témoignage infaillible, quand on n'a vû qu'une fois, d'une maniere rapide, passagere, momentanée, dans l'agitation & dans le trouble ? Pour mettre de pareils recits de prodiges hors de contestation, il faudroit que le fait fût repeté, ou qu'il eût duré assez de tems, pour donner lieu à l'éxamen, & que cet examen eût été fait par des personnes non-prévenuës, ou, ce qui seroit encore plus fort, par des personnes prévenuës contre le faux merveilleux. Rien de tout cela ne se trouve ici ; ce font des faits solitaires & isolés. L'un a dû arriver la nuit. Est-ce-là un tems bien propre pour discerner les mouvemens & les attitudes d'une personne ? Les témoins n'étoient-ils point encore à demi endormis ? Le trouble & la frayeur dans ces momens ne font-ils pas voir les choses tout autrement qu'elles ne font ? Un nain dans les tenebres est pris pour un geant. Une souche ressemble à quelque chose d'animé. Tout devient vivant, tout change & prend la figure que lui donne une imagination timide & déja remplie d'images.

II. On cite pour témoins des domestiques. L'auteur du Mémoire laiſſe à deviner
quel en étoit le nombre. Comme il s'agit
ici de jeunes Demoiſelles, il n'y a pas d'a-
parence qu'elles fuſſent ſurveillées par de
grands garçons. Ces Domeſtiques ſe rédui-
ſent donc à une ou deux ſervantes, tout
au plus, leſquelles ont dû voir les prodiges
qu'on allegue. En verité le témoignage d'u-
ne ou de deux filles eſt-il ſuffiſant? Seroit-
il reçû en Juſtice reglée? Leur eſprit diſpo-
ſé à tout croire, n'avoit-il pas preparé leur
imagination à tout voir? N'éſt-on pas obligé tous les jours de contredire les perſonnes de ce ſexe, ſur tout celles de la campagne,
ſur ce qu'elles prétendent avoir vû, ou entendu? Si les femmes étoient croyables dans
leurs recits, il y auroit entre l'autre monde & celui-ci, un commerce régulier &
une correſpondance bien établie. Que chacun ſe rapelle ici toutes les hiſtoires, ou
plûtôt toutes les fables qu'il a entenduës &
qui ſervent à remplir le vuide des converſa-
tions, il ſentira la foibleſſe des témoignages
allegués par l'Auteur du Mémoire.

Sans en aller chercher des preuves dans
des Païs, ou dans des tems fort éloignés,
qu'on ſe rapelle ce qui ſe paſſoit à Evrecy

lorſque Marie Letoc faiſoit illuſion : non au milieu des ténebres de la nuit, ou au clair de la Lune ; mais en plein jour : non devant une ou deux filles ; mais devant tout un peuple compoſé des trois Etats. Après avoir communié, cette dévote fanatique ſe tenoit quelquefois un quart d'heure ſur la pointe de ſes ſabots, les bras élevés, & les yeux atachés au lambris du Chœur de l'Egliſe d'Evrecy. Le peuple frapé de cette attitude inuſitée dans les Egliſes & dans une action de graces, crioit au miracle ! Ce mot ſe repetoit, & les derniers cris encheriſſoient ſur les premiers. Pluſieurs oſoient enſuite aſſurer qu'ils avoient vû la Beate élevée en l'air, ſans aucun apui. Le prétendu prodige trouvoit des crédules, & la choſe auroit paſſé pour conſtante, ſi un Curé du voiſinage & quelques autres perſonnes ennemies du menſonge, n'avoient fait remarquer que cette fille poſoit toûjours ſur la pointe de ſes ſabots, & qu'elle ne faiſoit rien qu'une autre perſonne ne pût faire avec un peu d'exercice. Cette contradiction attira à ce Prêtre des menaces juſques dans le lieu Saint, de la part d'un Gentilhomme des environs, accoûtumé à prendre feu & à s'échaper d'une façon indécente contre quiconque oſe découvrir les pieu-

ſes fraudes. Du tems des Amadis on l'auroit vû ſe faire Chevalier pour combatre les
enchanteurs & pourfendre les mécréans.

La prévention à l'égard de cette dévote
alloit ſi loin, qu'un jour les ſpectateurs d'u-
ne de ſes Communions ſolemnelles ſe ré-
crierent qu'ils l'avoient vûë s'élever en l'air,
& voler par-deſſus la baluſtrade qui fait la
ſéparation du Chœur & du Sanctuaire.
Malheureuſement pour les credules, ceux
qui l'avoient ſoulevée par les bras, dépoſe-
rent, que ce ſaut perilleux ne ſe ſeroit pas
fait ſans leur ſecours & leur miniſtere. Cette dépoſition gâta le Miracle, & diſſipa le
preſtige.

Ceux qui ont lû ou qui liront le Mémoire, demanderont qu'on leur explique comment, après avoir été liées & garottées, les
prétenduës Energumenes ſortoient de leurs
liens, ſans les avoir briſés. On prie ces perſonnes de remarquer la timidité & l'emba-
ras de l'Auteur du Mémoire. Il n'oſe dire
que ces précautions ayent été inutiles à l'é-
gard de toutes : il ſe borne à une ſeule.
Celle-ci étoit plus habile que Prothée, qui
pouvoit bien varier ſa figure ; mais qui ne
pouvoit briſer les nœuds dont on le ſerroit
pour le forcer à découvrir l'avenir. Parlons
ſérieuſement. Quels ſont les témoins qu'on

nous allègue ? Toûjours des domeſtiques, c'eſt-à-dire, une ou deux ſervantes. Ici le miniſtére des hommes eût été dangereux ou indécent. On cite le Deſſervant, qui eſt un Réligieux d'un Ordre Mendiant. Je ne crois pas qu'on lui ait confié le ſoin de lier de jeunes Demoiſelles dans leur lit, & qu'on leur ait donné pour Chambellan un gros & vigoureux Cordelier. A quoi ſe réduit donc ſon témoignage ? A avoir vû des bandelet-tes encore noüées, & une jeune fille échapée de ſes liens. Le Pater a crû ce qu'on lui a dit ; mais je ſuis convaincu qu'il a aſſez de pudeur pour n'oſer affirmer ce qui eſt énon-cé dans l'article.

Mais comment, dira-t'on, tout cela ſe paſſoit-il ? Propoſons des conjectures plus vrai-ſemblables que les faits ne ſont cer-tains. C'étoit dans la force & au milieu des accès dont les filles étoient agitées, qu'on leur préparoit une eſpece de chaînes. L'or-gaſme des humeurs, (qu'on me ſouffre ce terme de Medecine) la tenſion des muſcles, le gonflement des chairs, l'agitation & la *renitence* ou contr'éfort, les ſecouſſes con-vulſives, naturelles ou affectées, la crainte que l'on avoit de bleſſer des membres déli-cats, la tendre pitié qu'excitoit leur état, leur âge, leur ſexe : tout cela combiné en-

semble, faisoit que les liens modérément
serrés & composés d'une matiere qui se prê-
te & s'alonge, devenoient lâches lorsque la
personne étoit devenuë plus tranquile. Où
est donc la merveille de l'avoir vûë une ou
deux fois se procurer la liberté ? Quelquefois, dit-on, les liens étoient coupés ; mais
est-on bien assuré que les Domestiques,
touchés de pitié ou engagés par des promesses, n'ayent pas tranché le nœud gor-
dien ? les sœurs de la Demoiselle ne pou-
voient-elles pas avoir part à cette opération ? Il faut bien peu connoître les ruses
de la jeunesse & le génie des Domestiques,
pour les croire incapables de pareilles su-
percheries. Dans la plûpart des maisons il
y a entre les enfans & ceux qui servent
une collusion pour échaper à une vigilan-
ce qui les incommode, & pour se procurer certains plaisirs que la séverité des parens leur interdiroit.

La pesanteur accidentelle des corps des
Demoiselles de L. est un Phenomene que
l'on croit hors de l'a Sphere des choses naturelles. Ici la merveille ne s'est montrée
qu'une ou deux fois, & l'accident n'est arrivé qu'à une seule personne. Tout roule
sur des témoignages suspects de tous côtés,
car il faut continuer de remarquer attenti-

vement qu'il n'y a point de fréquence, ni
de répetition dans les évenemens sur lesquels les Médecins de Paris ont apuyé leur
décifion conditionnelle.

Pour faire difparoître ce prétendu furnaturel, qu'on daigne faire attention aux remarques fuivantes :

I. Il eft certain qu'un corps vivant peut
être d'une pefanteur relative à l'état de maladie ou de fanté, d'agitation ou de repos,
de réfiftance, ou de non-réfiftance :

II. Il eft pouvé, par les régles de la Sta-
tique, qu'un corps vivant peut être dans
une attitude où il eft difficile de l'enlever ;
telle eft la pofition horifontale, où la tête & les pieds feroient en même-tems éfort
contre le plan fur lequel ils font pofés. Une
pareille contention ajoûte au corps un poids
confiderable, qui n'eft cependant que rela-
tif :

III. Des perfonnes d'honneur, mais qui
ne croient pas legerement, ont enlevé facilement dans leur bras la plus jeune des
Demoifelles, au moment même que fes parens & autres gens prévenus affuroient que
fon corps étoit d'un poids énorme. Je ne
nomme point ces perfonnes, qui s'affuroient, par leur propre experience, de
la fauffeté de ce qu'on publioit. Je n'ofe-

rois les citer fans leur aveu ; mais elles font prêtes de certifier ce que j'ai apris de leur propre bouche.

REFLEXIONS *fur les autres Articles du Mémoire.*

CE feroit à pure perte qu'on nous allegueroit tous les autres articles contenus dans le Mémoire ; leur réfutation n'a pas befoin d'un détail ennuyeux. En découvrant l'illufion des quatre principaux, on ébranle, ou plûtôt on renverfe tout le refte. Que nous préfentent en effet tous les faits & toutes les circonftances qu'on a recüeillies, que l'on ne voie & que l'on n'entende tous les jours dans ces triftes demeures où l'on renferme les perfonnes qui ont perdu le libre ufage de la raifon? Perfonne ne s'eft encore avifé de nous donner l'hiftoire des Petites-Maifons. L'hiftoire génerale des Peuples & les Mémoires particuliers nous fourniffent des traits de folie en affez grand nombre pour pouvoir nous paffer de pareilles anecdotes.

La folie a des fymptomes variés à l'infini. Il entre dans fa compofition tout ce que

que l'on a vû & entendu , tout ce qu'on a pensé & médité. Elle raproche ce qui paroît le plus éloigné. Elle rapelle ce qui paroît avoir été totalement oublié : les anciennes images revivent, les aversions qu'on croyoit éteintes renaissent , les panchans deviennent plus vifs : mais alors tout est dans le dérangement. Les idées dans leur confusion ressemblent aux caracteres d'une Imprimerie , qu'on assembleroit sans dessein & sans intelligence. Il n'en résulteroit rien qui presentât un sens suivi.

Avoüons même , & cet aveu doit bien nous humilier, qu'il y a un perpetuel dérangement dans nos idées. Je ne sçai si l'homme le plus sensé peut s'assurer de penser d'une maniere suivie , l'espace de trois minutes. Mille pensées sourdes ou aperçûës se croisent & se culbutent audedans de nousmêmes ; & si tous les hommes pensoient tout haut , tous les hommes paroîtroient être dans un perpetuel délire. La plus grande difference qu'il y a entre les fous & ceux qui n'en portent pas le nom, c'est que les premiers expriment tout haut ce qu'ils pensent , & que ceux-ci renferment leurs pensées audedans d'eux-mêmes, & les cachent sous le voile du silence. En cela consiste principalement l'empire de la liberté & de

L

la raiſon.

Toutes les extravagances des filles de Landes ſont une triſte preuve de ces affligeantes verités. Leur état eſt une bizarre compoſition de dévotion & d'impieté involontaire. Il eſt à remarquer que les perſonnes, à qui la dévotion fait tourner la tête, ſont celles qui proferent le plus de blaſphêmes, ſans qu'il ſoit néceſſaire que le Diable s'en mêle. Ceux qui ont quelque experience dans la conduite des conſciences, n'ignorent pas qu'il y a des perſonnes agitées de violens ſcrupules; parce qu'intérieurement, mais avec le deſaveu de la raiſon, elles proferent des blaſphêmes contre Dieu & contre tout ce qu'il y a de plus ſacré. Que leur faudroit-il pour reſſembler aux prétenduës Poſſedées ? Il ne faudroit qu'un ſurcroît de dérangement dans les traces du cerveau, ou un mouvement plus rapide dans les eſprits que fournit le ſang, pour rendre leur eſpece de folie complette.

Les Demoiſelles de Landes ſont frapées & agitées à la vûë des objets de Religion. Où eſt-là le prodige ? Les Hipocondriaques ſont auſſi frapés à la vûë de certains objets qui les affectent vivement. Il n'y a rien que de naturel dans ce méchaniſme.

Quand on ne vit point hors de ſoi-mê-

me; mais que l'on s'étudie avec attention,
on s'aperçoit d'un retour d'idées & de jugemens, & on reconnoît une circulation
de sentimens à la vûë des objets qui nous
ont fortement affectés ; sauf à notre liberté secouruë de la grace à mettre l'ordre &
la régle par tout.

Une des filles de M. de L. entend, dit-
on, le Latin. Elle a même trouvé un so-
lecisme dans le discours de M. de C. Si elle eût bien sçû cette Langue, il seroit sur-
prenant qu'elle n'en eût aperçû qu'un &
qu'une seule fois dans le Latin d'un vieux
Eudiste. Elle entendoit, à ce qu'on dit, les
paroles du Rituel. Quelle merveille ! Elle
doit même le sçavoir maintenant par cœur,
pour user du terme vulgaire, & il est à
croire que son Curé ne lui a pas laissé ignorer le sens des paroles dont les Exorcismes
sont composés.

Mais elle entendoit, dit-on encore, des
phrases latines qui n'étoient pas dans le
Rituel. Le fait seroit difficile à constater,
& je sçai de bonne part que son Diable prétendu ne put répondre à des personnes qui
l'apostropherent en latin. Ce qui est encore très-prouvé, c'est que le Diable ne pouvoit s'exprimer dans aucune Langue étrangere, ni ancienne, ni moderne ; tout au

plus il entendoit quelques mots de Latin.
Mais que ne nous dit-on ingénûment &
sans détour que Mademoiselle de L. a essayé d'aprendre cette Langue, & qu'elle s'é-
toit déja mise en état d'entendre les Auteurs les plus aisés. Alors le foible merveilleux d'avoir entendu quelques mots par hazard, s'évanoüiroit entierement.

Les prétenduës Possedées ont obéi à des
commandemens interieurs. On l'a dit, &
on a tenté de le faire croire ; mais on n'en
a pas été la dupe. C'est par-là que le sieur
Charpentier & son éleve se sont entierement décriés, & qu'ils se sont fait chasser
avec moins d'ignominie qu'ils ne méritoient.

Art. 33.   On a salement parfumé le Mémoire de
plusieurs accidens, que l'on prétend ne pouvoir être comptés au nombre des maladies
naturelles. Je me garderai bien de les remettre sous les yeux & sous le nez des Lecteurs. On peut sur ces matieres s'en raporter aux Médecins de Caën qui en ont pris
connoissance, & qui n'ont rien vû qu'ils ne
puissent expliquer par les principes de leur
science & par des faits paralelles, dont les
Auteurs de Médecine sont pleins. M. de
L. n'a pas voulu faire usage de leurs connoissances, ni de leurs réponses. Son erreur
lui est trop chere pour souffrir qu'on le

détrompe.

* *Tantum nocet error*
Ut juvet errare. . . . .

A l'esprit captivé sous le joug de l'erreur
L'éclat de la lumiere inspire de l'horreur :
A la poursuivre en vain la vérité s'attache,
Dans les replis du Cœur l'erreur fuit & se cache.

Pour épaissir le voile qu'il s'est laissé mettre sur les yeux , M. de L. a ramassé les
Livres qui traitent de possessions & d'obsessions. Il a lû avec son Curé & M. de . . . .
toutes les Histoires vrayes ou fausses qui
ont été débitées sur ces matieres. Leur prévention s'est fortifiée à un point , qu'ils
voient dans la plûpart des maladies les opérations du Démon. Les Exorcismes, selon
eux , devroient être employés beaucoup
plus fréquemment qu'ils ne le font. C'est
ce que M. de L. soutenoit tout recemment
à Epinay , où se trouve une vieille Demoiselle qui a perdu l'esprit. Ces Messieurs ne
ressemblent pas mal à ce Médecin qui soutenoit à Paris, il y a ** peu d'années, que
toutes nos maladies sont produites par de
petits animaux qui nagent dans le sang &
dans les autres liqueurs qui circulent dans

* *Prosper Carm. de ingratis Chap.* 3 .
** 1732.

le corps humain. Il prétendoit les apercevoir, & distinguer leurs differentes especes à la faveur du Microscope. Malheureusement pour son sentiment nouveau, ce spectacle étoit presque pour lui seul. Dans son chagrin, il reprochoit aux incomplaisans de n'avoir pas des yeux taillés comme les siens.

L'imagination de Madame de L. n'est pas moins blessée sur l'article des Possessions que celle de son mari. Elle s'est laissé persuader que les Possessions sont à l'égard de ses filles une faveur du Ciel & une marque de prédestination. Elle les place avec les Marie d'Agreda, les Marie Alacoque, les Marie des Vallées & certaines Saintes d'Italie & d'Espagne dont on raconte des choses extraordinaires. L'Histoire des Religieuses de Loudun & de Louviers, & le détestable Livre d'un Capucin, qu'on ne sçauroit lire sans une horreur pleine d'indignation, ont achevé de gâter des esprits plus pieux qu'éclairés.

C'est malgré moi que je fais ces remarques ; mais elles sont nécessaires pour expliquer comment la maladie des Demoiselles de Landes est devenuë contagieuse. On sçait combien le cerveau de certaines filles est susceptible de fortes impressions,

En général les femmes se conforment assez aisément à la situation où elles en voient d'autres. Cela arrive tous les jours dans les complimens de condoléance.

Car qu'une femme pleure, une autre pleurera, Et toutes pleureront tant qu'il en surviendra. *

Il n'y a donc pas lieu d'être surpris si de jeunes filles, sous la direction du Sieur Heurtin, ont grimacé comme les Demoiselles de L. leurs dignes modéles. On ne cessoit de leur insinuer que de pareilles afflictions étoient des graces peu communes & des marques signalées de bienveillance de la part de Dieu ; que plus on étoit maltraité par son ennemi, plus on lui devenoit agréable ; qu'un grand nombre de Saints avoient ainsi éprouvé la fureur des Démons ; que tout aboutiroit à la gloire de Dieu, qui employoit ces voies extraordinaires pour manifester le bien-heureux Walfride ; que le nombre des personnes affligées de la sorte monteroit jusqu'à quarante ; que toutes seroient guéries au Tombeau du Saint Evêque, lorsqu'on leveroit son corps pour l'exposer à la véneration des Fidéles ; c'est ce que M. de L. soutenoit

* M. Destouches, Comedie du Glorieux.

encore il y a peu de tems à Epinay. De pareilles infinuations achevoient de devenir
efficaces fur des cerveaux foibles, par les
bons traitemens que Madame de L. faifoit
aux perfonnes qui avoient acquis quelque
conformité avec fes filles. Elle les careffoit
& avoit pour elles des égards particuliers,
jufqu'à les admettre à fa table & leur donner les meilleurs morceaux. De pareilles
diftinctions pour de pauvres filles de Campagne leur faifoient goûter le jeu des Poffeffions; les hurlemens en devenoient plus
bruyans, les contorfions plus affreufes,
les fyncopes mieux foutenuës. Ajoûtés à
cela le plaifir & l'honneur de fe donner en
fpectacle dans l'Eglife, en prefence d'un
Peuple ignorant que le Sieur Heurtin a-
voit préparé au refpect & à l'admiration.

Un fage mépris, une fuftigation falutaire, ou quelqu'autre feverité, ménagée à
propos & avec prudence, auroit bien-tôt
dégoûté les Actrices; comme il eft arrivé
depuis que M. de Luynes a fait renfermer
celles qui joüoient les principaux perfon-
nages.

Le dépit avoit déja fait fur une des prétenduës Poffedées ce que les Exorcifmes
n'avoient pû opérer. Une Couturiere joüoit
habilement fon rôle avec les autres, lorf-

que les Demoiselles de L. furent condui-
tes à Caën. Cette fille s'imagina qu'elle seroit du voyage, & qu'elle auroit l'honneur
de figurer avec elles au milieu d'une Ville considerable. Son esperance fut trompée:
on lui fit sçavoir qu'il n'y avoit point de
place pour elle. Piquée d'un refus qu'elle
regarda comme fort injurieux : » Hé bien !
» dit-elle, qu'ils fassent ce qu'ils voudront,
» pour moi, je ne m'en mêle plus. Elle
tint parole , & reprit ses occupations ordinaires.

 * Une nouvelle preuve que l'état de ces
filles vient du Démon , dit l'Auteur du
Mémoire, c'est ** *qu'elles parlent en Masculin*
& en Diable découvert. Ce font ses propres
expressions. Enfin , après bien des frivoles

---

* *Art.* 24.
 ** *Ce trait badin , mais néanmoins fort moral, contre les*
débauches monstrueuses, a paru aux Possessionnistes une obscé-
nité insuportable. Quelle pudeur ! quelle délicate réserve ! Que
ne vivoient-ils , ces rares personnages, du tems des Peres ! ils
auroient donné de bonnes leçons à Tertullien , à S. Jérôme , à
S. Epiphane , & à S. Augustin même. Les deux derniers ,
l'un dans son Histoire des Héresies, l'autre dans sa Cité de
Dieu , ont parlé des Gnostiques & des Démons , d'une ma-
nière qui ne peut être traduite dans notre langue. Ces SS. PP.
ont-ils eû tort ? ils écrivoient chacun dans la langue que le
Peuple parloit. On n'étoit pas moins chaste alors qu'à présent;
mais on s'exprimoit avec moins de façons.

differtations, voilà le Sexe des Diables clairement décidé: ce font des mâles bien con-
ftatés. A moins qu'on ne veüille dire qu'il
y a auffi des Diables femelles, que ceux-ci
attaquent & poffedent les hommes; tandis que les premiers s'adreffent aux filles
& aux femmes. Si cela eft ainfi, l'Enfer ne
laiffe pas d'être policé. Les Démons, tous
pervers qu'ils font, font forcés de refpec-
ter l'ordre & la conformité. Une conduite
fi réguliere confond les imitateurs de ces
perfonnes exécrables, dont * Saint Paul
nous peint l'horrible aveuglement. Si l'E-
crivain de M. de L. a quelqu'habitude avec
l'antiquité Chrétienne, il poura nous citer quelques Auteurs Ecclefiaftiques qui
prétendent, que par les ** enfans de Dieu,
devenus paffionnés pour les filles des hommes, il faut entendre les Anges rebelles.
Mais l'Ecriture remarque que de ce commerce des enfans de Dieu avec les filles des
hommes, il en fortit des Géans, hommes
puiffans & fameux dans l'ancien monde. Il
y a long-tems que cette interprétation lit-
terale & groffiere a été abandonnée. Les
Démons font heureufement pour nous d'u-
ne fterilité & d'une impuiffance averée. Tant

* Ep. ad Rom. Chap. 1.
** Genef. Ch. 6.

que les hommes ne feront ni leurs rivaux ni leurs feconds, l'honneur des familles fera en fureré & les maris exemts d'affronts.

* Je ne releverai point ici les noms ridicules que les Diables prétendus fe font donnés à Landes : on en a affez badiné dans le Public. Jufqu'ici on les avoit vû prendre leurs dénominations & leurs titres dans les langues orientales. Cela avoit un air fcientifique ; Mais les goûts changent, & comme ces Diables font aparemment naturalifés François, ils en ont pris les mœurs & ils en imitent les manieres. Ce font de nouveaux parvenus qui veulent être apelés du nom de leurs aquifitions, dans l'efperance de faire oublier des noms trop fimples & qui dénotent une origine roturiere.

Gripis qui vient de fortir du néant,
Abjure un nom burlefque & mal-fonnant.
Pour décorer un fils qui lui fuccede,
Il prend un nom qu'un brillant DE precede.
Ce Sauvageon du peuple déteflé,
Gripis un jour fe pourra voir enté
Sur le tronc franc d'une illuftre famille
Où fes Ayeux ont porté la Mandille.

* *Les Gnoftiques rempliffoient leur Religion de fictions très fabuleufes, & furprenoient les ames foibles par les noms terribles des Princes ou des Anges.* S. Aug. de Hæres. 6.

OBSERVATIONS *sur la décision des douze Docteurs de Sorbonne.*

SI les Docteurs décidans avoient imité les Médecins, on trouveroit leur décision plus solide & plus judicieuse. Ils ont essayé de montrer qu'ils avoient des lumieres supérieures, & ils ont embroüillé la question. En supofant la verité des faits, ils ont prononcé qu'il y avoit possession. Cela va bien jusques-là; Il faloit s'y tenir; rien n'eût été plus sage que leur réponse. On auroit seulement dit, avec beaucoup de raison, qu'il n'étoit pas nécessaire de recourir à une douzaine de Docteurs, tant Séculiers que Réguliers, pour prononcer qu'il est jour quand le Soleil est élevé au-dessus de notre Horison. Ce qu'ils ajoûtent pour apuyer leur Jugement, est un hors-d'œuvre. Disons même que plusieurs de leurs raisonnemens manquent d'exactitude & de verité.

I. les Docteurs prétendent que si les principales opérations, mentionnées aux quatre articles qui ont paru essentiels, apartiennent au Démon, tout ce qui s'est passé dans ces Filles & qui est allégué par l'Au-

teur , doit apartenir à l'Efprit malin. Une
telle conféquence eft-elle néceffaire ? Le
Démon , fi la poffeffion étoit réelle , n'auroit-il pas pû trouver des difpofitions pré-
exiftantes qu'il auroit mifes en œuvre ?
L'Efprit de Dieu en fanctifiant & perfec-
tionnant l'homme , lui laiffe certains goûts,
certains panchans , & des difpofitions que
la nature , l'art , l'étude , le tempérament ,
& plufieurs autres circonftances peuvent
avoir mis en lui. En prenant poffeffion d'une
perfonne , comme le Démon n'y altere pas
tout , il n'y produit pas tout. Indépendam-
ment de lui , l'âge , le tempérament , la fer-
mentation des humeurs ; le caractere , l'efprit , la prefence & l'impreffion des objets,
la haine , l'amour , en un mot , tout ce qui
agite & remuë le commun des hommes ,
peut remuer & agiter les perfonnes chez
qui le Diable fait élection de domicile, fans
que cet hôte , tout mal-intentionné qu'il
eft, préfide à tout ce qui fe paffe dans le
lieu qu'il habite. Sa direction n'eft néceffaire , ni en tout , ni par tout. Sans qu'il
s'en mêle, une maladie périodique, ou des
affections hiftériques , produiront un jeu
capable d'embaraffer ceux qui n'ont lû que
des Théologiens fcolaftiques.

II. Les Docteurs décidans doivent fçavoit qu'on a réformé beaucoup de choses dans les vieux Rituels, comme n'étant pas entiérement exemts de ce que l'ignorance & la superstition, de quelques siécles moins éclairés, y avoient inseré. On sçait combien de cérémonies y avoient été introduites par les peuples barbares du Septentrion. Les égards forcés que les vaincus avoient pour leurs vainqueurs, furent cause qu'on tolera assez long-tems les épreuves par le feu, par le fer chaud, par l'eau boüillante & l'eau froide, par les combats en champ clos, &c. Tous ces usages superstitieux avoient été en quelque façon consacrés dans les Rituels. Peu à peu la lumiere dissipa les ténebres de la Barbarie. La liberté fut renduë aux Eglises, & la superstition fut fortement combatuë dans les Conciles. Il n'y a pas encore beaucoup de tems qu'on a retranché du nombre des Exorcismes, certaines compositions de Drogues & de Simples pour enfumer les lutins. La contagion de l'ignorance avoit gagné jusqu'aux Missels, qu'on a heureusement réformés.

Il faut être peu versé dans la discipline & dans l'Histoire de l'Eglise, pour adopter tout ce qui se trouve dans les anciens Breviaires & dans plusieurs Légendaires, où l'Histoire & la Fable, le sérieux & le ridiculé, la pieté & & la superstition étoient malheureusement confondus. C'est donc sur la doctrine, non de quelques Rituels, mais de tous, qu'une décision doit être établie, pour avoir toute la solidité & tout le poids nécessaire. Ce qui est unanimement, & sans exception, dans tous les Livres usuels des Eglises particulieres, apartient à la foi de l'Eglise Universelle. Ce qui ne se trouve que dans quelques-uns qui n'ont pas été épurés, ne doit point absolument & sans restriction, servir de régle de conduite, ou de raison de décider.

III. La conscience des Superieurs Ecclesiastiques du Diocése de Bayeux, est entiérement à couvert des reproches que les Docteurs leur font, d'avoir refusé leur ministere aux personnes affligées. Quelles prieres n'a-t'on point employées ? Quelles conjurations reste-t'il encore à faire ? Combien de Curés & de Chanoines n'ont-t'ils pas apostrophé, querellé & injurié le Diable ? Quels flots d'eau lustrale n'a-t'on pas répandus ? A-t'on oublié les Reliquaires, les Pâtes benites, les prétendus fragmens de la vraie Croix ? Le Sieur de Creuly Eudiste ne fit-il pas entendre sa voix lugubrement impérieuse, ordonnant au Démon de sortir, & *de ne revenir jamais, au grand jamais* ? Ce furent

les expreſſions de cet Exorciſte, qui ſe mêle de prêcher, & dont les diſcours reſſem-
blent aux Sermons du Pere Bourdaloüe,
comme les parodies du Théatre Italien reſ-
ſemblent à nos plus excélentes Tragédies. N'a-
t'on pas chanté des *Te Deum* à pluſieurs repri-
ſes ? Que peut-on donc exiger de Mr. l'E-
vêque de Bayeux, qu'il n'ait peut-être trop facilement accordé ? On voudroit qu'il eût
fait les Exorciſmes en perſonne. Sa crédulité n'avoit-elle pas été aſſez blâmée du Public éclairé ? Vouloit-on qu'il ſe rendît ridicule aux yeux de toute la France ? Graces
à Dieu qui a donné à ce jeune Prélat beaucoup de talens, il a reconnu que ſes guides le
trópoient. Il a employé des moyens efficaces,
& le coup qu'il a ſagement frapé, n'eſt pas
tombé à faux. Les Exorciſmes ſont très-
reſpectables ; mais il leur faut donner un
objet réel & bien certain. Ce ſont des
armes ſaintes que J. C. a données à ſon
Egliſe ; mais les Evêques qui les ont en
dépôt, ne doivent pas les abandonner à
des mains fanatiques, qui les rendent mé-
priſables par l'abus qu'elles en font.

Que demandent donc Mrs. de L. & de
Vaſc. . . . . ? Ne leur a-t'on pas plus accordé qu'ils n'auroient dû obtenir ? ils ont un
Livre, diſent-ils, où ils ont lû qu'il faut
quelquefois

quelquefois exorcifer pendant fept ans, a-
vant que le Diable capitule & rende la place. J'ignore & me mets peu en peine de
fçavoir quel eft l'Auteur de ce Livre ; mais
je défie qu'on nous montre dans l'Antiquité , des fiéges aufli mémorables foûtenus
par l'Enfer. A ce compte , tandis que les
hommes ont trouvé des méthodes pour for-
cer les Villes en peu de tems, les Démons
en auroient trouvé une pour faire une longue défenfe dans les places qu'ils s'avifent
d'occuper.

Parlons férieufement. Les Démons font-
ils aujourd'hui plus forts qu'autrefois, ou
l'Eglife eft-elle plus foible ? Eft-ce à la qualité des Exorciftes qu'il faut s'en prendre ?
On a employé ce qui paroiffoit de plus dévot dans le Clergé de Bayeux. On auroit
bien mieux fait de confulter ce qu'il y a-
voit de plus éclairé. La véritable pieté n'eft
jamais fans lumieres ; mais il y a une certaine dévotion toûjours amie & compagne
de l'ignorance. Cette dévotion grimaciere
eft ordinairement jaloufe , foupçonneufe,
& ennemie du vrai mérite qu'elle s'éforce
de décrier.

Quoiqu'il en foit du mérite perfonnel
de ceux qui n'ont pû forcer le Diable dans
les retranchemens , je croirai plûtôt Ter-

M

tullien que le Livre de Mrs. de L. &
de Vafc.... Ce Pere, voifin des tems
Apoftoliques, remontroit aux Payens dans
fon Apologie pour la Religion Chrétienne, „que le premier venu d'entre les Fi-
„ deles avoit une telle autorité fur les Dé-
„ mons, qu'il les forceroit à parler & à
„ fe découvrir eux-mêmes. Qu'on nous dife, puifque l'Eglife n'a rien perdu de fes
forces, pourquoi le Diable eft maintenant
plus rétif, ou pourquoi les Chrétiens ont
moins de pouvoir. Tous les gens fenfés
confeillerent à M. de L. d'employer à procurer un établiffement à fes Filles, ce qu'il
étoit réfolu de dépenfer en Exorcifmes. Ce
qu'il lui en a déja coûté, auroit formé une
dot raifonnable pour fon aînée. Les partis
qui fe font offerts ont été rebutés, & il
n'a jamais voulu écouter cet avis fi fage.

Apologé-
tique, c. 22.

* Au lieu d'un Exorcifte appellez un Notaire,
Avec le *récipé* d'un Hymen falutaire
Vos Filles guériront. Un Diable mafculin
Eft un peu plus tenace, il eft vrai, plus enclin
A fe tenir faifi d'une fille jolie;
Mais un mari qui plaît, ou le chaffe, ou le lie.

* *Quelques défenfeurs de la poffeffion trouvent dans ces Vers*
des obfcénités. Sur-tout le mot Hymen choque leur pudeur.
On peut affurer que de pareilles gens n'ont jamais lû au-
cune bonne Poëfie, ni aucun livre bien écrit. Le mot Hy-
men eft confacré pour fignifier le Mariage, & les Payens a-
voient un Dieu nommé Hymenée qu'ils s'imaginoient préfider
à cette union.

Marier des Filles pour les rendre raifonnables ! un tel expédient a paru tout profane à M. & Madame de L. Ils aimeroient mieux nourrir je ne fçais combien de ventres pareffeux, qui, le Rituel & le Goupillon en main, continuëroient les ridicules fcénes qui ont amufé une partie du Public, & fcandalifé l'autre.

Le Diable, je le veux croire, pourroit après plufieurs années quitter fes hôteffes, & déloger fans trompette. Pour juftifier fon inconftance, car il ne faut point douter que parmi fes défauts il n'ait celui d'être volage, il trouveroit plus d'un prétexte qui ne tourneroit point à la gloire des Exorciftes. Mais laiffons-là le Diable, & revenons à nos Docteurs.

Il femble que les douze Sorboniftes fe foient laiffé fuggérer les termes qu'ils ont employés. ,, Ce feroit, difent-ils, une du- ,, reté inexcufable devant Dieu & devant ,, les hommes, de refufer dans une pareil- ,, le occafion les fecours que l'Eglife a éta- ,, blis pour ceux qui font dans un fi trif- ,, te état.

On voit bien fur qui l'on veut faire retomber cette accufation de dureté. Jamais perfonne n'a moins mérité un tel reproche. Tandis que M. de Bayeux a crû la réalité

M 2

de la poffeffion , il a agi en Pere tendre
& compatiffant. Il n'a épargné ni voyages,
ni examens, ni études, ni fatigues. On fçait
jufqu'où il a porté la douceur & la com-
plaifance : & fi ce Prélat , qui devient de
plus en plus digne de la place qu'il occu-
pe , avoit quelque chofe à fe reprocher, ce
feroit de n'avoir pas apliqué dès le commencement , les remedes aufquels il a été forcé
d'avoir récours. Si M. & Madame de L.
euffent été dociles à fes fages & charitables
avis , ils fe feroient épargné bien des dé-
penfes & des mortifications.

IV. On ne doit pas, continuent les Docteurs , " fe contenter de faire des Exorcif-
" mes ; mais on doit auffi, eû égard aux dif-
" pofitions des perfonnes , les faire apro-
" cher fouvent des Sacremens de Pénitence
" & d'Euchariftie , conformément à la pra-
" tique ancienne de l'Eglife , qui accordoit
" à ceux que le Démon affligeoit , la parti-
" cipation aux facrés Myfteres.

Que prétendent ces Docteurs par cette
conclufion qui termine leur réponfe ? Veu-
lent-ils établir qu'on peut & qu'on doit admettre à la participation des Sacremens ,
des perfonnes que le Démon afflige par re-
prifes & en differens tems ? On ne s'avifera
point de leur contefter que dans les inter-

vales tranquiles , où une perſonne joüit de
ſa raiſon , elle ne puiſſe & ne doive s'aquiter des devoirs du Chriſtianiſme. Ne ſçait on
pas bien , ſans conſulter la Sorbonne, que
dans ces heureux momens , où un Energumene eſt rendu à lui-même , il peut & doit
s'empreſſer de ſe munir de tous les ſecours
que l'Egliſe offre contre l'ennemi irrécon-
ciliable des hommes? C'eſt-là effectivement
la pratique de l'Egliſe, & la doctrine qu'elle enſeigne dans ſes Rituels. Mais les Sor-
bonniſtes ont-ils deſſein de juſtifier la conduite étonnante , ſcandaleuſe & irréguliéi-
re qu'on a tenuë à l'égard des Filles de Landes ? Aprouvent-ils qu'on les ait fait communier au milieu de leurs accès & de leurs
convulſions ? L'affreux ſpectacle de voir
le Curé de Landes & ſes Conſorts , faire
ouvrir par force la bouche de ces Filles a-
gitées de mouvemens furieux , & qui pour
tous Actes de préparation faiſoient des contorſions horribles , & ſe répandoient en injures & en blaſphêmes contre J. C. que
ces Prêtres ignorans & téméraires ne crai-
gnoient point d'aſſocier avec Bélial. Malgré
les raiſons qu'ils alléguoient , raiſons auſſi
pitoyables que leur conduite étoit puniſſa-
ble , les ſpectateurs ne pouvoient ſouffrir
ces profanations ſans frémir & ſans murmu-

rer. Les Calviniftes mêmes , qui nient la
préfence réelle du Corps de J. C. dans l'Euchariftie, difoient hautement qu'ils feroient
bien éloignés d'expofer ainfi le pain de leur
Céne , quoiqu'ils ne le regardent que comme une figure fymbolique, propre à exciter & nourrir leur foi. Que ne puis-je en-
veloper dans un profond filence toutes ces
horreurs ! Les Docteurs Poffeffionniftes me
forcent d'en parler , pour diffiper l'illufion
que pourroit faire un Paffage qu'ils citent
fur la fin de leur réponfe. Ce Paffage eft
tiré de la feptiéme Conférence de Caffien,
Auteur qui vivoit dans le cinquiéme fiécle. L'Abbé Germain , un des interlocu-
teurs, avoit demandé dans le chapitre vingt-
neuviéme , pourquoi on avoit un tel mépris & une telle horreur de ceux qui étoient
affligés par le Démon , qu'on les féparoit
pour toûjours de la Communion , felon
cette fentence de l'Evangile : *Ne donnés
point le faint aux chiens, & ne jettés pas vos
perles devant les pourceaux.* Dans le Chapitre fuivant , l'Abbé Serenus répond à la
difficulté en ces termes : » Pour ce qui eft
» de la Communion , nous ne nous fou-
» venons pas que nos anciens la leur ayent
» retranchée. Ils croyoient au contraire
» qu'il faloit , s'il étoit poffible , qu'ils en

» aprochaſſent tous les jours. Car cette pa-
» role que vous venés de citer de l'Evan-
» gile, *ne donnés point le ſaint aux chiens*,
» n'a point de raport à ce ſujet. Nous ne
» devons pas croire que la ſainte Commu-
» nion, en ces rencontres, ſoit en quel-
» que ſorte livrée au Démon ; mais qu'au
» contraire, on s'en ſert utilement pour
» purifier & conſerver le corps, & que ce
» Pain adorable eſt comme un feu celeſte,
» qui brûle & qui chaſſe l'Eſprit impur du
» corps de ceux qu'il poſſede déja, ou qu'il
» tâche de poſſeder.

Je ne chercherai point à affoiblir l'autorité de Caſſien, en diſant que ce Moine a
penſé ſur beaucoup d'articles comme les
Pélagiens. Les erreurs qu'il a enſeignées
ſur la néceſſité de la Grace, ſur-tout dans
ſa treiziéme Conférence, ont été ſolide-
ment refutées par S. Proſper. Je ne dirai
point que Caſſien s'eſt trompé, lors qu'il a
dit qu'il y avoit peu de Monaſteres dans le
Pont & dans l'Arménie, & que le nom
d'Anachoréte y étoit même inconnu, quoique ſaint Baſile & ſaint Gregoire de Na-
ziánze aſſurent le contraire. Je ne m'arrêterai point non plus à lui reprocher avec Bel-
larmin, de s'être groſſierement trompé, lors
qu'il a avancé que dans la primitive Egliſe

on jeûnoit toute l'année, & que ce fut le refroidissement de la pieté qui détermina l'Eglise à fixer ce jeûne perpetuel à quarante jours. J'insisterai encore aussi peu sur quantité d'opinions mal fondées, & qui lui sont particulieres au sujet des bons & des mauvais Anges, ainsi que sur sa crédulité qui lui fait admettre des Faunes, des Lamies, des Diables changés en choüettes & en autruches, & qui lui fait en même tems recevoir sans examen toutes les histoires que débitoient ces Solitaires de la Palestine & de la Thébaïde : histoires où ces Moines fort simples pour la plûpart, & fort ignorans, avoient réüni le ridicule & le merveilleux. Tenons-nous-en uniquement aux deux Chapitres que nous venons de citer, & faisons quelques observations nécessaires.

I. Par le vingt-neuviéme chapitre, il est constant que dans le tems où écrivoit Cassien, les Orientaux ne donnoient point la Communion aux Energumenes. Les Eglises d'Alexandrie & de Jérusalem, avoient jugé à propos de la leur interdire. Ces Eglises Apostoliques & Patriarchales, n'avoient pas établi cette discipline sans de bonnes raisons.

II. Dans sa réponse faite à la difficulté de l'Abbé Germain, Serenus dit que les Anciens jugeoient à propos de donner la Communion aux Energumenes. Il opose d'anciens ufages à une difcipline plus moderne. Celle-ci lui paroiffoit outrée & trop févére, puifqu'elle alloit à un entier & perpétuel retranchement de l'Euchariftie, pour marquer par cette conduite une plus grande horreur des Démons. Mais quand Caffien nous dit que les Anciens jugeoient à propos de donner ce Sacrement aux perfonnes poffedées ou obfedées, marque-t'il que ce fût dans le moment que l'Efprit malin produifoit en elles des mouvemens de fureur & une réfiftance indécente ? C'eft ce que les Docteurs auroient dû prouver, s'ils ont prétendu juftifier la manœuvre de ceux qui les ont confultés.

III. Caffien eft fi éloigné de penfer ainfi, qu'il dit, qu'il faudroit faire communier les perfonnes affligées, *s'il étoit poffible*, tous les jours. Il fait entendre dans les Chapitres précédens, que ce font des perfonnes que la malignité du Démon exerce, & non des gens dont l'efprit foit continuellement aliéné. On peut s'en convaincre par les exemples qu'il raporte. Il dit, *s'il étoit poffible*. Il entend donc qu'il y a des obftacles qui s'opofent à cette Communion quotidienne. Et de quels obftacles peut-il en-

tendre parler, sinon de ceux qui naissent
de l'état même de ceux que le Démon tour-
mente?

IV. Le sentiment de Cassien s'explique
parfaitement par le quatorziéme Canon du
premier Concile d'Orange, cité dans le Mémoire. Ce Concile tenu l'an 441. dans les
Gaules, neuf ans après que Cassien eut
écrit ses Conferences, explique nettement
la doctrine de l'Eglise sur l'article des Energumenes, & doit servir de commentaire
aux paroles de l'Auteur que l'on objecte.
Les Energumenes, dit ce Concile, qui ont
reçû le Baptême, s'ils ont soin de se purifier de leurs fautes, s'ils se mettent sous la
conduite des Prêtres & qu'ils soient dociles
à leurs avis, qu'ils communient sans difficulté, afin de trouver dans le Sacrement
d'Eucharistie des secours contre les attaques du Démon qui les afflige.

Est-ce là livrer la sainte Eucharistie aux
possedez au milieu de leurs fureurs & de
leurs blasphêmes, & l'exposer à être rejettée
à terre, comme il est arrivé à Landes? N'est-
ce pas plûtôt prendre de justes précautions
contre une si horrible profanation?

Le Concile traite charitablement les Energumenes; mais combien de préparations

n'exige-t'il point d'eux ? Un examen & un aveu préalable de leurs fautes, de la foumiffion & de la docilité aux Miniftres de l'Eglife, font les préliminaires qu'on leur demande avant que de leur accorder la Communion. Or tout cela fe fait-il fans un libre ufage de la raifon ? Tout cela ne fuppofe-t'il pas d'heureux momens & de favorables intervales, où une perfonne renduë à elle-même, & touchée de la mifere de fon état, prend les moyens les plus efficaces pour en fortir ? S. Thomas & les Rituels enfeignent précifément la même doctrine.

L'Auteur du Mémoire ne trouvera donc rien dans la décifion des Docteurs, ni dans les Paffages quils ont allegués, pour colorer la coupable conduite que le Curé de Landes & fes Confreres ont tenuë, en donnant à des Filles furieufes la Communion, comme on donne des breuvages à des animaux malades.

V. Au refte, le Concile d'Orange eft bien éloigné de regarder les Poffeffions, ou les Obfeffions, comme une faveur du Ciel & comme une marque de fainteté, ainfi que l'a foutenu le Curé de Landes, trompé par quelques Auteurs d'une fauffe fpiritualité. Ce Concile affemblé dans un Siécle & dans un Païs éclairé, défend dans le Canon seiziéme que l'on admette dans le Clergé ceux qui ont été une fois agités du Démon publiquement, & si cet accident leur arrive après y avoir été admis, il veut qu'ils soient interdits de toute fonction.

PARALLELE de quelques Posses-sions, avec celles des Filles de Landes.

TOUS les Siécles ont des traits de res-semblance. Le retour des Saisons n'est pas plus régulier que la succession de certaines scénes, que l'imposture & le fanatisme donnent de tems en tems au Public. Ce sont des Phénoménes à peu près semblables aux Cométes, dont les apparitions épouvantent le vulgaire, & exercent les sçavans, qui, selon quelques Astronômes, ont un cours réglé, quoiqu'on ne puisse le calculer au juste. Les opérations attribuées aux Démons paroissent aussi périodiques, quoiqu'il ne soit pas possible d'assigner le moment, ni les lieux où se donneront ces hideux spectacles.

On auroit pû s'imaginer qu'un accrois-sement de lumieres, produit par la renais-

sance des Lettres, par la culture des Sciences , & par mille instructions multipliées ,
viendroit à bout d'abolir la superstition &
de dissiper les erreurs populaires. L'experience défend de l'esperer , & ce seroit ne
pas connoître les hommes que d'oser se fla-
ter de pareils avantages. Les hommes naif-
fent ignorans. Il faut qu'ils passent par les
mêmes erreurs & les mêmes opinions que
leurs peres. L'instruction & l'experience de
ceux qui les ont précedés , ne sçauroient
leur être transmises en entier. C'est un bien
dont chaque particulier est obligé de faire
l'aquisition par soi-même.

Si les connoissances solides , & les fruits
de l'experience , pouvoient se léguer par
testament, ou se maintenir dans les familles par la disposition des Loix , il y a long-
tems que tombés dans le mépris, les Char-
latans de toute espéce & de toute condition auroient perdu tout crédit dans l'efprit des peuples. Mais il se trouvera dans
tous les tems des imposteurs & des dupes.
Ceux-ci font la proïe des autres , comme
les insectes servent d'aliment aux oiseaux.
Tels sont les soins paternels de la Divine
Providence, qui nourit le Corbeau vorace
comme la simple Colombe , & qui fait lever le Soleil sur les méchans comme sur les

bons, quoique Dieu improuve les uns & aprouve les autres.

Si les Sciences étoient un obstacle à la superstition, & une ressource assurée contre le fanatisme, auroit-on vû dans un Siécle éclairé, comme on l'a vû, ces deux monstres paroître avec tant d'audace, & trouver un si grand nombre de défenseurs, dans les lieux mêmes qui sont regardés comme le séjour des Sciences & des Arts, & comme le centre de toutes les lumieres de l'esprit?

On a déja donné l'histoire de quelques branches du fanatisme. Celle du fanatisme de chaque Siécle seroit un ouvrage digne de la République des Lettres. Mais je ne sçais en quel Païs il faudroit que l'Auteur fût placé, pour écrire avec la liberté nécessaire. La verité feroit trop souffrir la vanité de quelque peuple que ce soit, puisqu'il n'y a point d'état ni de contrée au monde qui ne fournît une matiere abondante pour une semblable histoire.

Les fausses possessions ne manqueroient pas de figurer dans un pareil ouvrage à qui elles apartiendroient de droit. Je laisse à décider s'il y faudroit faire entrer celles où l'illusion, la maladie & l'aliénation d'esprit n'ont aucune part; mais qui sont unique-

ment & en entier la production de la fourberie. Les possessions de ce caractere ne
sont que d'indignes comédies, & l'objet de
la sévérité des Loix.

Je ne comparerai point la possession des
Filles de Landes , aux fameuses possessions
de Loudun & de Louviers. C'est une trop
foible copie pour être mise à côté de pareils
originaux ; je me contenterai de raporter
celle de Marthe Brossier , & celle qui fut
occasionnée par Marie Cluzette dans la
Ville de Toulouse.

* En 1599. sous le régne de Henry IV.
une Fille de Romorentin en Berri , âgée
de vingt-deux ans , fut attaquée d'une maladie extraordinaire , qui fut déclarée être
une possession du Démon. Les Exorcismes
furent employés sans succès. Les effets de la
possession devinrent de plus en plus merveilleux. Le bruit s'en répandit dans tout le Royaume. On promenoit Marthe Brossier de
Ville en Ville. Les Capucins, qui ont une
hypothéque speciale & privilegiée sur les
possessions , servoient de guides. Par tout
on employoit les conjurations sans succès.
On publioit mille prodiges de cette Energumene. Elle entendoit , disoit-on , diffe-

_____

* *Discours véritable sur le fait de Marthe Brossier. A Paris , chez Patisson , Imprimeur ordinaire du Roy. 1599.*

rentes Langues, & sur-tout le Latin &
l'Anglois : elle découvroit l'intérieur des
personnes & les secrets du cœur; elle étoit
quelquefois élevée à quatre pieds de terre;
elle discernoit les vrayes Reliques des fausses. Tout ce qui avoit été beni ou consa-
cré, redoubloit ses convulsions. Elle fut
conduite à Angers pour y être plus effica-
cement exorcisée; l'Evêque de cette Ville,
nommé Miron, étoit un Prélat de beaucoup de mérite, & qui ne croyoit pas sans
examen. Il refusa d'exorciser sans s'être
assuré auparavant de l'état de cette
prétenduë Possedée. Il la fit retenir dans
une maison, où elle étoit nourrie par son
ordre. On mettoit à l'insçû de cette Fille
de l'eau benite dans sa boisson, l'eau benite ne faisoit pas sur elle plus d'impression que de l'eau commune. Quelques jours
après, l'Evêque fit venir la Possedée. On
aporte un Bénitier, dans lequel il n'y avoit
que de l'eau toute simple. Marthe qui la
jugea benite, tombe par terre, se débat,
& fait ses grimaces accoûtumées. L'Evêque
dît qu'il avoit un morceau de la vraye Croix;
il envelopa une clef dans un morceau de
taffetas, & l'offre à baiser à la possedée.
A l'aspect d'une telle Relique, les agitations devinrent plus violentes. Qu'on m'a-

porte

m'aporte mon grand Livre d'Exorcifmes, dit le Prélat; on aporte un Virgile. Le Pontife d'un ton grave & plein d'autorité, prononce :

Arma virumque cano . . . . .

A ces mots , les convulfions redoublent & deviennent d'une violence extrême. L'impofture aïant ainfi été découverte , l'Evêque d'Angers chaffa honteufement cette malheureufe , & lui défendit de reparoître dans fon Diocèfe.

L'Official d'Orleans fit de pareilles épreuves. Entre plufieurs , il fe fit aporter un gros Defpautére relié avec des ais & des fermoirs de cuivre , ce qui donnoit à ce Livre un air antique & vénerable. On l'ouvre & on le donne à lire à l'Energumene. Elle tomba fur ce paffage :

Nexo , xui , xum vult
Texo , xuit , indeque textum.

Des paroles fi énergiques renverferent Marthe Broffier par terre , où elle fe roula & s'agita à fon ordinaire.

Un autre jour quelques Ecclefiaftiques du Diocèfe d'Orleans , effayerent de chaffer le Démon par la fumigation , qui eft une

N

eſpéce d'Exorciſme. On lie la Démoniaque dans une chaiſe, on place près d'elle
des herbes & des drogues d'une odeur fâ-
cheuſe, auſquelles on met le feu : on lui
porte enſuite la caſſolette ſous le nés. Après
de grands mouvemens de pieds, & diverſes
contorſions que lui fit faire la puanteur &
l'âcreté de la fumée, elle ſe mît à crier :
>> pardonnez moi, je n'en puis plus, j'é-
>> toufe, qu'on me laiſſe, le Diable s'en eſt
>> allé. L'Official d'Orleans qui vit bien que
c'étoit une imagination bleſſée, ou une
affectation coupable, défendit les Exorciſmes à tout Prêtre du Diocèſe, ſous peine de ſuſpenſion *à Divinis*. Cela mortifioit
les Capucins, ſans leur faire lâcher priſe.
Il n'eſt pas aiſé de ſe déſſaiſir d'une opinion dont on tire des avantages. On eut
ſoin de conduire la Poſſedée à Paris. On
aſſembla les Médecins, qui ſe connoiſſoient
mieux en poſſeſſions que les gens d'Egliſe.
* L'Evêque de cette grande Ville & l'Abbé
de ſainte Geneviéve aſſiſterent à l'Examen.
Les Médecins firent leur raport. Un petit
nombre fut pour la poſſeſſion; mais un des
plus ſçavans & des plus experimentés, nommé
Mareſcot, mît la Poſſedée à des épreuves
qui décelerent la fauſſeté de la poſſeſſion. Le

* *Paris a été depuis érigé en Archevêché.*

Diable fut muet & confus, & le grand nombre des Médecins prononça par la bouche de Marescot, leur ancien, que le Démon n'avoit aucune part à cette affaire ; qu'on pouvoit attribuer quelque chose aux dispositions du corps de cette Fille ; que le reste n'étoit qu'artifice & que mensonge.

Nihil à Dæmone, multa ficta, à morbo pauca.

Le Parlement de Paris, qui a toûjours été redoutable au Diable & à ses prestiges, prît connoissance de cette affaire. Il y eut un Arrêt rendu, la Grand'Chambre & la Tournelle assemblées, par lequel Marthe Brossier avec ses Sœurs & leur Pere *, fut renvoyée dans le lieu de sa naissance & de sa demeure, avec défenses d'en sortir.

La Relation ne nous en dit pas davantage ; mais les Lettres du Cardinal d'Ossat nous aprennent la suite de cette affaire. ** Marthe Brossier échapée de la maison paternelle, trouva un protecteur dans la personne de l'Abbé de Saint Martin, frere d'un Evêque de Clermont, de la Maison de Rendan, qui est une branche de celle de

_____

* C'étoit un Marchand de Draps, dont le Commerce s'étoit trouvé dérangé.

** Lettre au Roi, du Mercredi 19. Avril 1600. Liv. VI. Lettre 52.

la Rochefoucault. Soit que ce fût de ces
hommes dont la dévotion a plus de chaleur
que de lumiere, foit qu'il fût animé par
un refte de l'efprit fanatique de la Ligue,
dont les noires fureurs venoient d'agiter
la France, cet Abbé conduifit la prétenduë
Poffedée en Auvergne, où il paroît qu'il
avoit deffein de la faire exorcifer de nouveau. Le Parlement de Paris, qui fe crut
infulté par cet enlevement, & qui voyoit
fon Arrêt éludé, en donna un fecond contre l'Abbé de Saint Martin & contre l'Evêque de Clermont. Ces deux freres n'ofé-
rent tenir ferme contre une Cour Souveraine qui a l'Auvergne dans fon reffort.
Ils prirent le parti d'envoyer la Démoniaque à
Rome, où ils avoiét des amis & du crédit. L'A-
bé la mena d'abord à Avignon; où il jugea qu'il
n'avoit plus rien à craindre, ni du Parlement,
ni de la Cour, qui vouloit voir finir le trouble
que caufoit cette poffeffion prétenduë.

    Le Cardinal d'Offat qui étoit à Rome,
fut informé de cette équipée. Rien ne lui
paroiffoit indifferent dans les conjonctures
délicates où fe trouvoient les interêts du
Roi fon Maître *. Il pria M. de Sillery,
Ambaffadeur à Rome, de fe joindre à lui
& de prévenir le Pape fur l'arrivée de l'Abbé de Saint Martin, avant que l'on tint

Henry IV.

Leon XI.

Confiftoire. Ce Cardinal, dont le mérite avoit forcé tous les obftacles de la naiffance la plus obfcure, étoit un de ces habiles Miniftres qui fe font informer de tout, & qui ne négligent rien. Il fçavoit qu'en matiére de négociations, les plus grandes difficultés font quelquefois caufées par des incidens qui ne paroiffent dabord que des minuties méprifables. On lui avoit mandé de France que le P. Sirmond, & un autre Jéfuite François, qui étoient pour lors à Rome, ne manqueroient pas d'apuyer l'Abbé de Saint Martin & l'Evêque de Clermont, pour reconnoître les obligations que la Société avoit à leur Maifon, qui lui avoit fondé un College. Le Cardinal d'Offat fit venir chez lui le P. Sirmond, dont la vafte érudition a fait tant d'honneur à fa Compagnie. Il lui reprefenta adroitement toutes les fuites que pourroit avoir cette entreprife. Il lui remontra que la conduite de l'Abbé étoit un attentat contre la Juftice & l'autorité du Roi; que les Jugemens des Cours Souveraines devoient être refpectés: d'ailleurs que les Jefuites feroient tort à leurs affaires, s'ils venoient à apuyer les prétentions & à favorifer l'entêtement de ›› l'Abbé de Saint Martin; que la poffeffion ›› de cette Fille n'intereffoit en rien la Re-

» ligion Catholique ; que comme il étoit
» certain , en général , qu'il y a eû & y a
» au monde des Démoniaques , & que la
» puissance de les exorciser est en l'Egli-
» se , aussi quand il est question d'un par-
» ticulier , s'il est Démoniaque ou non, il
» y faisoit si obscur pour les fraudes qui
» s'y commettent , & pour la similitude des
» effets de l'humeur mélancolique avec ceux
» du Diable , que de dix qu'on prétendoit
» être tels, à peine s'en trouvoit-il un vrai,
» & le plus souvent les Médecins ne s'en
» accordoient point entr'eux, non plus que
» les Théologiens & autres gens sçavans.

Le Pere Sirmond qui étoit aussi raison-
nable que sçavant , & dont la modestie
égaloit les lumieres, goûta parfaitement les
raisons du Cardinal , & lui promit que ni
lui , ni ses Confreres , ne se mêleroient
point de cette affaire. M. de Gourgues parla de la part du Cardinal d'Ossat à l'Abbé
de Saint Martin , qui voyant son projet
déconcerté , fit mettre la Possedée dans
une Communauté; ce qui mît fin à la possession.

On dit que cet Abbé, chagrin & confus
Bayle Dic. d'avoir été la dupe d'une telle imposture,
ne survêcut pas long-tems au dépit qu'il eut
de n'avoir trouvé que de la honte & de la

mortification, dans un lieu où il se flâtoit de voir son zéle hautement aplaudi.

Nos Possessionnistes ne porteront pas si loin leur sensibilité. Leur crédulité les soutiendra contre de si violentes impressions, & leur douleur achevera de s'exhaler en déclamations contre ceux qui ont travaillé à les détromper. La situation de l'Abbé de S. Martin ne lui permettoit pas de se procurer un pareil soulagement. Ses plaintes n'auroient pas été sans conséquence comme celles de MM. de......... qui dans leurs murmures indécens, ne prennent conseil que d'une dévotion âcre & fougueuse. Ils feroient beaucoup mieux de consulter la raison & le devoir.

Si une Cour Souveraine eût prononcé sur l'affaire de Landes, il est à présumer qu'elle auroit décerné les mêmes moyens que M. de Luynes a employés avec tant de réüssite, & on auroit dit comme le sçavant Marescot, en modifiant ses paroles.

Quædam ficta, à morbo plurima, à Dæmone nihil.

La maladie est la principale cause de tout ce qui est arrivé à ces jeunes Filles ; l'éducation qu'elles ont reçûë, & les rêveries du Curé, y sont entrées pour beaucoup, & le Diable pour rien ; du moins en qualité de caufé interne & d'agent immédiat.

A la maladie ajoûtés l'artifice pour avoir une caufe compléte ; la nature ébauche, & l'art perfectionne. Que l'on ne croye pas que pour être de condition , on foit incapable de pareilles feintes. Ce que des gens de la lie du peuple font par un fordide interêt , des perfonnes qui ont du bien & de la naiffance , le peuvent faire par d'autres motifs. Nous en trouvons la preuve chez les Proteftans mêmes, quoique le merveilleux des poffeffions & des révelations, foit beaucoup plus décrié chez eux que parmi nous. * Sur la fin du dernier Siécle , on vit à la tête des perfonnes à infpiration, Rofemonde Julienne d'Affebourg , Demoifelle de très-bonne maifon , née en 1672. Dès fa feptiéme année, elle eut , à ce qu'ont affuré fes amis , des aparitions très-fenfibles & très-remarquables. Des Ecclefiaftiques affez diftingués la regarderent comme véritablement infpirée , & prirent hautement fon parti , même aux dépens de leurs emplois. De ce nombre fut le Docteur Peterfen, ravi de trouver & de montrer dans les révelations de Mademoifelle d'Affebourg ,

* *Hiftoire des Controverfes de l'Eglife Luthérienne , par M. Walch Tom. 2. pages 555. & 850.*

le * Millénarifme dont il étoit très-perfua-
dé. S'il y eut des perfonnes de fon opinion,
il y en eut d'autres en plus grand nombre
d'un fentiment opofé. L'anti-Piétifte ** M.
Mayer de Hambourg, prétendit que la Demoifelle infpirée étoit une vraye poffedée;
& ce qui fut le plus remarquable, fon col-
legue M. Winckler, qui paffoit d'ailleurs
pour partifan de ce qu'on apelle Piétifme,
fit imprimer un Ouvrage, où il attribuoit
la prétenduë infpiration à des caufes naturelles, comme le temperament, & peut-être
quelque chofe de pis. Plufieurs femmes voulurent imiter Mademoifelle d'Affebourg.
Quelques-unes furent convaincuës de fu-
percherie, d'autres furent les dupes de leur
imagination. On voit dans la conduite de
cette Demoifelle & de fes imitatrices, la
fin qu'elles fe propofoient; il s'agiffoit d'ac-
crediter par le prodigieux une Secte qui eft
combatuë par le plus grand nombre des Lu-
thériens. Ces révelations prétenduës, fruits
d'une imagination échauffée, ou de l'impofture, ne devroient faire fortune que
dans les Païs où l'ignorance eft cenfée favorable à la Religion; mais la duperie &

* *Opinion où l'on fait regner J. C. vifiblement fur la Terre
pendant mille ans.*
** *Les Piétiftes d'Allemagne font une efpéce de Fanatiques.*

la fole crédulité font nées avec le monde, &
ne finiront qu'avec lui.

* Le fpectacle qui fut donné fur la fin
de 1681. & au commencement de 1682.
dans la maifon de l'Enfance de la Ville de
Touloufe, femble avoir fervi de modéle à
celui qui a été donné à Landes, quoiqu'il
y ait quelques circonftances differentes,
comme il arrive dans tous les faits qui ne
fe reffemblent jamais parfaitement. On voyoit des mouvemens convulfifs, des étire-
mens (je prends ce terme dans la Relation)
un hoquet, des vomiffemens où il fe trouvoit des épingles crochées, qu'on difoit
faire partie du pacte.

Ces accidens arrivoient à quatre jeunes
Demoifelles, dont les noms ont été fupri-
més par ménagement pour leur famille,
qui ne regardant pas les poffeffions comme
honorables, étoient bien éloignés de vouloir les établir. Le tems de la Meffe & la
prefence du Saint Sacrement, étoient la
caufe occafionnelle de ces accidens. Le peuple, à fon ordinaire, cria à la poffeffion; quelques Eccleliaftiques, échos du
peuple, apuyerent ce cri.

* *Relation de l'état de quelques perfonnes prétenduës poffedées, faite d'autorité du Parlement de Touloufe. A Touloufe
chez la Veuve Toucheac. 1682.*

Avant que de recourir aux Exorcifmes, un Vicaire Géneral du Diocèfe de Touloufe, homme éclairé & prudent, travailla à découvrir la verité. On employa des Exorcifmes feints, que les prétenduës Poffedées prirent pour des Exorcifmes véritables. L'eau de la Garonne leur étoit auffi infuportable que l'eau benite. La lecture d'un Livre profane, l'aplication d'une Etole fans benediction, & le miniftere d'un laïque travefti en Prêtre, revêtu d'habits de chœur, tout ce profane apareil, qui avoit une aparence facrée, leur caufoit les plus violentes agitations.

Les Médecins furent apellés. Ils examinerent toutes chofes avec une fagacité à qui rien n'échapoit. Ils découvrirent bientôt le preftige des épingles crochées, qui fortoient de la bouche de ces jeunes Filles. Ils trouverent que quelques-unes en avoient avalé par mégarde, & que d'autres en cachoient dans leur bouche, pour les rejetter en prefence des Spectateurs & des Exorciftes.

Le Parlement de Touloufe prit connoiffance d'une affaire qui caufoit beaucoup de trouble. Il ordonna aux Médecins de rechercher les caufes, & d'aprofondir tout le myftere de cette prétenduë poffeffion. Leur perquifition ne fut pas inutile. Ces gens habiles découvrirent qu'une Fille nommée Marie Cluzette, étoit la fource & le principe de ce déreglement.

Cette Fille infenfée fe mît à courir les chemins aux environs de Touloufe. Parmi une infinité d'extravagances, elle fe donnoit le nom de Robert, & difoit que ce Robert étoit le maître de tous les Diables. Sous un climat tel que celui de Touloufe, l'extraordinaire fait bien des progrès. On crut la Cluzette poffedée, & il n'y eut perfonne qui ne s'empreffât de la voir & de l'entendre.

L'imagination vive & tendre de quelques jeunés Demoifelles de cet endroit, n'en fut que trop frapée; & quelque temps après, elles éprouverent des accidens dont le Démon auroit paffé pour l'auteur, fi les lumiéres d'un grand Vicaire & les connoiffances des Médecins de Touloufe n'avoient découvert & diffipé l'illufion. *

Qui auroit examiné avec les mêmes foins la maladie des Filles de Landes, auroit trouvé à peu près la même fource. La folie de la Demoifelle Moriéres, que l'on exorcifa en préfence de la plus jeune des Filles de M. de L. n'infpira-t'elle pas à cette jeune en-

* Voyez l'Addition à la fin de cet Ecrit.

fant les blasphêmes & les juremens qu'elle proféra ensuite. La Demoiselle Claudine étoit déja malade , mais elle ne proferoit point encore de paroles indécentes. Dès qu'elle eut entendu la Demoiselle Moriéres jurer & se débatre dans l'Eglise de Landes, son imagination n'eut plus de frein. Je tire ces faits de l'ouvrage d'un Possessionniste, qui a fait une espéce de *Journal de la pos-session ou obsession de Demoiselle Claudine-Françoise le Vaillant de Leaupartie.* Cet Ecrivain ne prévoyoit pas qu'il fourniroit une preuve propre à faire sentir que la maladie de cette Demoiselle & de ses Sœurs , n'avoit que des causes naturelles.

Il y a encore quelques causes antécedentes , dont d'habiles Physiciens sentiroient toute la force , mais ce sont des anecdotes qu'on ne sçauroit divulguer , sans blesser les régles inviolables de la charité, qui ne doit pas souffrir du desir que nous avons de faire connoître la verité. L'une & l'autre doivent être également cheres à quiconque a de la probité & de la Religion.

Je ne salirai point non plus cet Ecrit des Exorcismes forcés que l'on fit * à la Demoiselle Moriéres , dont la folie mélancolique a été traitée de possession. Ce recit al-

* *Dans la Sacristie de Landes.*

larmeroit la pudeur & révolteroit toute imagination qui n'est point familiarisée a-vec les représentations les plus sales. Le Pogge & Boccace en auroient grossi leurs infames recüeils. Je dirai seulement que le ridicule & l'impudence, le comique & l'obscéne s'y trouvent dans un égal dégré.

Malgré notre retenuë, on conservera long-tems la mémoire de ce bâton beni & exorcisé, sur lequel cette Fille extravagan-te fut transportée à l'Eglise d'Epinai un jour de célébrité, où plusieurs Processions s'étoient assemblées à l'occasion d'une Mis-sion qui s'y faisoit. Toutes les circonstan-ces de la translation de cette nouvelle ar-che sont pittoresques, & formeroient un tableau intéressant digne du meilleur pin-ceau.

Le Peintre choisiroit pour point fixe l'en-trée de cette Fille dans l'Eglise d'Epinai. Le Clergé se trouveroit à la porte pour la recevoir. Beaucoup de Noblesse, à la tête de laquelle on mettroit M. de Leaupartie & M. de Vasc. seroit placée sur les deux côtés. Les gens de la campagne accourus de toutes parts, formeroient plusieurs grou-pes. On y feroit contraster la plus tendre jeunesse avec une vieillesse décrepite : la résistance & les efforts de l'Energumene,

les attitudes gênées des Prêtres qui la por-
toient, produiroient dans les Spectateurs des
paffions qui pourroient être infiniment va-
riées. Le fond du Tableau feroit un païsage,
fage, compofé de côteaux & d'un agréable
vallon, orné d'arbres & de bofquets, au
milieu duquel coule une petite riviére bor-
dée de prairies. Telle pourroit être en gros
l'ordonnance du Tableau, mais pour executer ce deffein, il faudroit qu'un de ces
hommes excelens, dont l'art fçait réünir
toutes les parties de la peinture, fe fût
trouvé à cette céremonie, afin d'exprimer
le tout avec force & vivacité.

L'impreffion de l'eau benite fur les Filles de Landes, étoit encore un moyen de
découvrir une illufion pareille à celle qui
fe manifefta à l'égard de Marthe Broffier &
des Filles de Touloufe.

L'Auteur du Mémoire pour la poffeffion
dit que l'eau benite étoit infuportable aux
Demoifelles de Landes, & qu'elle les brûloit ; cependant un grand nombre de perfonnes virent la plus jeune prendre de cette eau & en remplir fes mains, pour la jetter fur un Médecin qu'elle traitoit de Janfenifte. Il n'eft pas moins certain qu'on mît
à leur infçû de l'eau benite dans leur vin,
& qu'elles le bûrent fans qu'il produifit au-

cun effet extraordinaire. Si l'Ecrivain de M. de L. s'avisoit de nier ce fait, on lui en produiroit des preuves incontestables.

Leur aversion pour l'Eglise, n'étoit que l'effet d'une imagination blessée. Un jour qu'il y avoit beaucoup de personnes dans l'Eglise de Landes pour assister aux Exorcismes, Mademoiselle de Leaupartie s'écria en entrant : » Qu'il fait chaud ici, j'aime- » rois autant être en enfer. Ce qu'elle répeta deux fois ; après quoi elle demeura tranquile comme dans un lieu d'une agréable fraicheur.

Que l'on se rapelle maintenant, & que l'on réünisse tout ce que nous avons marqué de propre à éclaircir cette matiere, je suis persuadé que les personnes sensées sçauront à quoi s'en tenir, & qu'elles garderont un juste milieu entre une dangereuse disposition d'esprit qui porte à ne rien croire, & une foible crédulité qui se feroit un scrupule de ne pas ajoûter foi à tout ce qui porte l'aparence du merveilleux.

Cette seconde disposition qui paroît d'abord plus favorable à la foi, souvent n'y est pas moins préjudiciable que la premiere. Ceux qui croient trop facilement ne sçavent plus où ils sont, quand les fragiles apuis sur lesquels portoit leur imprudente crédulité

crédulité viennent à tomber : ils s'imaginent que tout est renversé, & que l'édifice entier de la Religion va crouler jusques dans ses fondemens.

Telle a été l'imagination de M. de Creul-ly après le mauvais succez de ses Exorcis-mes. Interrogé par un Prélat * sur la pré-tenduë possession : ›› Jusqu'ici, Monseigneur, ›› s'écria-t'il, j'avois crû sçavoir ma Religion, ›› mais je m'y perds.

* M. l'E-véque de Coutances.

Parce que le Diable n'étoit pas où il le croyoit, voilà un homme dont toute la Théologie est déconcertée. Il ne sçait plus où il en est. Que vont devenir les promes-ses de Jesus-Christ ? Que penser du pou-voir qu'il a donné à son Eglise ? Le Dé-mon lui est-il devenu superieur en forces? A-t'elle perdu ses droits sur les Esprits de ténebres ? Ici quelle main charitable affer-mira M. de Creully dans une tentation si violente ? Quel secours empêchera sa foi de faire naufrage ?

Un homme éclairé, & qui sçauroit sa Re-ligion par principes, ne se seroit pas laissé ébranler de la sorte ; il auroit jugé contre lui-même en faveur de l'Evangile. Il se se-roit aperçû qu'il s'étoit trompé, & il se se-roit ensuite consolé en voyant que son er-reur étoit uniquement une erreur de fait.

O

Mais quelle fermeté peut-on attendre de ceux qui ne connoissent la Religion que par des ceremonies scrupuleusement compassées, & que par un culte où les attitudes méthodiques du corps ont la meilleure part?

Deux sortes de personnes ignorent la Religion, les Libertins & les Dévots *. Les uns & les autres s'arrêtent à l'exterieur. Les premiers qui en sont blessés, se révoltent & conçoivent de l'aversion pour cette Religion, qui est infiniment respectable & aimable pour ceux qui la connoissent à fond. Les autres s'arrêtent à des pratiques menuës & arbitraires, & se nourrissent de cette écorce séche & insipide. Pour plaire constamment & sans dégoût, la Religion doit être étudiée, connuë & aprofondie. Or cela demanderoit une sérieuse aplication & une solidité d'esprit, dont les Dévots & les Libertins sont presque tous également incapables. Ceux-ci ne sçauroient justifier leur incrédulité; ceux-là ne peuvent défendre leur croyance. Sçavoir laquelle de ces deux sortes de personnes fait plus de tort à la Religion, c'est un Problême à résoudre. Je crois, sauf meilleur avis, que la Secte des Dévots est la plus

* Par ce mot, on n'entend pas les personnes qui ont une pieté sincere, on ne sçauroit trop respecter celles-ci.

dangereufe : ils ont tous les vices des Incrédules, à quoi ils ajoûtent la duplicité,
l'hypocrifie & une envieufe malignité. Les
Incrédules font des rochers éminens dans
la Mer. Leur élevation au-deſſus de la fu-
perficie des eaux, avertit de n'en pas aprocher fi l'on craint le naufrage. Les Dévots
font des brifans cachés fous la furface trom-
peuſe des flots qui les couvrent. On les
aperçoit toûjours trop tard.

CONCLUSION.

ON n'oſe ſe flâter que les réflexions &
les obſervations que l'on vient de faire,
foient capables de détromper un certain
nombre de perſonnes qui ont donné dans
le merveilleux de la prétenduë poſſeſſion
des Filles de Landes. Il faut de l'eſprit, de
la droiture & du courage pour ſe laiſſer dé-
poſſeder de ſes opinions, & pour avoüer que
l'on a été trompé. Il n'y a fi pitoyable éva-
fion & fi miſerable raiſonnement à quoi on
n'aye recours plûtôt que d'en venir-là. L'or-
guëil vient au ſecours de la prévention, &
l'apuye en dépit de la verité & du bon ſens.
Notre fiécle n'en fournit que trop d'exemples.

O 2

Comme je ne nomme ici perſonne, j'oſe avancer, ſans crainte de donner atteinte à la Charité, que la plûpart de ceux qui ſe ſont livrés à l'illuſion, & qui y perſiſtent encore, ſont des génies foibles & très-bornés, qui ne ſçavent, ni ne veulent rien examiner.

Que pourroit ſur les Poſſeſſionniſtes le poids des raiſons, puiſqu'ils refuſent de ſe rendre à l'autorité des faits? En vain on leur remontre qu'en mettant les Filles dans des Monaſteres, le preſtige s'eſt preſque auſſi-tôt diſſipé. On leur allégue inutilement que les Supérieures de ces Maiſons Religieuſes, Filles ſenſées & judicieuſes, ont trouvé le moyen de calmer ces jeunes Demoiſelles. C'eſt à pure perte qu'on leur cite la conduite qu'on a tenuë avec un entier ſuccez à l'égard de cette groſſe Servante, qui vouloit être nourrie à la maniere des volailles que l'on engraiſſe, ils ſe roidiſſent contre tous ces témoignages, & ce qui devroit faire leur joye cauſe leur chagrin, & redouble leur mauvais humeur; ſemblables à ces Politiques furieux, qui ayant annoncé les malheurs de l'Etat, ou la ruine même de leur Patrie, ſont inconſolables lorſque d'heureux ſuccès renverſent leurs foles conjectures. Leurs cruelles prédictions leur font plus cheres que l'interêt d'un Etat, au milieu duquel ils vivent, & dont la profperité devroit faire une partie de leur bonheur.

F I N.

Qui credit citò, levis eft corde, & minorabitur.

Croire legérement & fans preuve eft la marque d'un efprit fans folidité.
Un pareil défaut expofe à de fâcheux retours. *Ecclefiaft. c, 19. ℣. 4.*

Le 6. Septembre 1735.

ADDITION.

EXTRAIT D'UNE LETTRE en forme de Diſſertation de Mr. de Rhodes, Ecuyer, Docteur en Médecine, Aggregé au College des Médecins de Lion, à Monſeigneur Deſtaing, Comte de Lion, au ſujet de la prétenduë Poſſeſſion de Marie Volet, de la Paroiſſe de Pouliat en Breſſe, dans laquelle il eſt traité des cauſes naturelles de ſa poſſeſſion, de ſes accidens & de ſa guériſon.

MONSIEUR,

J'AUROIS ſatisfait plûtôt à l'empreſſement que vous avez témoigné de ſçavoir, ſi Marie Volet de la Paroiſſe de Pouliat en Breſſe proche Bourg, a été délivrée de ſa prétenduë poſſeſſion, par la boiſſon de nos Eaux minérales artificielles, ſi j'avois eû des nouvelles ſûres de cette Fille depuis ſon départ de cette Ville, l'Autom-

ne derniere, & si je n'avois voulu être assûré
de sa guérison parfaite. Je vous dirai qu'a-
près avoir bû nos Eaux pendant quinze
jours avec succez, elle s'en retourna en son
pays, n'ayant aucune marque de possef-
sion, & n'ayant plus ces terribles accidens,
qui avoient imposé à quantité d'habiles
gens & obligé plusieurs zêlés Ecclesiastiques de lui faire les Exorcismes permis &
aprouvés de l'Eglise. Elle souffroit qu'on
lui parlât de Dieu, des Saints, de nos Myfteres, ce qu'elle ne pouvoit auparavant
sans ressentir des agitations & des convulsions violentes. Depuis son retour en son
pays, elle a paru se porter encore mieux,
& a donné des marques de raison & de
pieté, comme quelques personnes de sa Paroisse m'avoient raporté.

Mr. l'Abbé Quinton son Curé, que j'ai
vû il y a peu de jours, m'a assuré que cette Fille étoit bien remise, qu'elle ne disoit
plus ces mots barbares, que les uns disoient
être Hebreux, les autres Arabes, & plusieurs le langage des Démons; qu'elle pre-
noit à present ses repas réglêment, elle qui
demeuroit des huit jours quelquefois sans
manger; qu'elle dormoit toutes les nuits
des six & sept heures, elle qui demeuroit
des quinze jours sans fermer les yeux;

qu'elle difoit fes prieres foir & matin , & affiſtoit tous les Dimanches & Fêtes au Service Divin , elle qui à l'afpect d'une Image de dévotion , d'une goute d'Eau benite & d'une Relique tomboit dans des convulſions , avec des cris & des grimaces effroyables; que fes vomiſſemens , fes fyncopes , fes oppreſſions , fes rêveries & les autres accidens qui la tourmentoient cruellement depuis trois ans , étoient entierement finis , & qu'elle travailloit à prefent à la Tiſſeranderie , qui étoit fa premiere occupation.

Après que vous l'eûtes vûe , & examiné fi elle étoit véritablement poſſedée du malin efprit , & que vous lui eûtes fait toucher à fon infçû les faintes & véritables Reliques de la Croix de Notre-Seigneur , fans que fon prétendu Démon fit aucun changement en elle , vous me confirmâtes dans la penfée où j'étois , que fes maux étoient naturels , & qu'au défaut des autres remedes qui lui avoient été inutiles , nos Eaux minerales lui pourroient être falutaires.

Je voulus lui en faire boire , mais je fus fort furpris de voir qu'elles lui procuroient les mêmes agitations , que l'eau caufe à ceux qui font atteints de la rage; ce qui me perfuada que fon imagination étoit fra-

pée , & lui faifoit croire que nos eaux
étoient benites & lui caufoient ces égaremens.

En effet , comme elle l'a avoüé depuis , elle crut qu'on y avoit trempé quelques Reliques, & n'en voulut boire ni par prieres,
ni autrement, ce qui m'obligea d'agir d'u-
ne autre maniere. Je recommandai à la
femme qui l'avoit en charge de ne lui parler de quinze jours, ni de Dieu ni de prieres , ni d'aucune dévotion ; de la réjoüir
le mieux qu'elle pourroit , de la conduire
dans nos promenades les plus agréables , le
long de nos Rivieres , auprès de nos fon-
taines , & là lui faire boire des eaux de
fources , & en boire avec elle pour l'y ac-
coutumer, ce qui fut ponctuellement exé-
cuté. En-fuite un matin fa gouvernante ,
lui ayant dit qu'elle ne pouvoit fortir de
la maifon , & ayant envoyé querir de
nos Eaux minerales artificielles , femblables aux eaux de fontaine quant à la pureté, à la couleur, & au goût , fon Démon n'y connut rien. La pauvre Fille en
but , & continua d'en boire tous les matins pendant quinze jours, avec un tel fuc-
cez , qu'après avoir vuidé une infinité *de
Démons billieux* de toutes couleurs, & vomi plufieurs autres des plus aigres & des

plus amers, dans peu de tems, nous vîmes
que ſes accidens diminuoient, qu'elle devint capable de raiſon & de docilité, & ne fut
plus troublée quand on lui parla de dévotion.

J'examinay la diverſité des accidens qui
accabloient cette pauvre Fille, je tâchai
d'en pénetrer les cauſes, que je crus être
1°. Quelque levain corrompu de ſon eſtomac & des viſceres voiſins. 2°. Quelques
humeurs cacochymes de la maſſe du ſang,
& l'exaltation d'un acide violent ſur les
autres parties qui le compoſent. 3°. Les
eſprits du cerveau irrités, & hors de leur
route naturelle. 4°. Quelques idées fauſſes
qui occupoient ſon imagination.

La dévotion que cette Fille avoit em-
braſſée avec chaleur n'avoit pas été bien ré-
glée. La méditation de l'Enfer lui avoit formé des idées de Démons de figures horribles. Sa ſuperſtition & ſes ſcrupules avoient
tenu ſon eſprit inquiet & l'avoient obligé
d'appéler au tribunal de la conſcience les
penſées & les actions les plus innocentes.
Elle craignoit toûjours de tomber entre les
griffes de ces animaux hideux que ſon imagination lui repreſentoit. Elle perdoit le ſom-
meil & l'apetit. La rate & la mere s'en mêloient,
envoyoient des vapeurs noires à ſon cerveau
& achevoient de le démôter. Enfin elle s'ima-

gina que le Démon la poſſedoit. Les objets de dévotion, comme l'Eau benite, les Reliques, les Prieres, la Sainte Meſſe, & les Exorciſmes lui renouvelloient ces triſtes idées, qui cauſoient une cruelle irritation à ſes eſprits, & enſuite ces hurlemens, ces mots barbares, ces convulſions, & quantité d'autres ſymptomes ſurprenants.

Pour lui ôter ſes idées triſtes & mélancholiques, & en ſubſtituer en leur place d'autres gaies & divertiſſantes, je conſeillai qu'on ne lui parlât d'aucune choſe qui pût cauſer ſes égaremens ; qu'on la promenât dans des endroits agréables pour adoucir ſes eſprits irrités & les remettre dans la voye de la raiſon.

C'eſt pour cela que je crois les voyages & les pélerinages d'un grand ſecours à ceux qui ont l'eſprit ſurchargé d'idées mélancholiques. L'éloignement des perſonnes qui font de la peine & le changement des lieux deſagréables en d'autres plus divertiſſants changent les images triſtes en d'autres réjoüiſſantes, & remettent les eſprits égarés dans les routes de la raiſon. C'eſt auſſi pour cela que nos Eaux minérales, avec la gaieté & le changement d'objets ont ſervi à Marie Volet à la rétablir dans une ſanté parfaite & de corps & d'eſprit.

L'on pourroit ce me femble par ce fyftê-me des fauffes idées & des efprits irrités, expliquer la caufe de plufieurs autres pré-tenduës poffeffions, comme de celles d'Auf-fone, de Loudun & autres imaginaires ou malicieufes , comme on l'a reconnu dans la fuite.

L'on pourroit par ce même fyftême ex-pliquer l'imagination troublée de plufieurs mélancholiques, qui croient être loups, bê-tes , forciers, ou par les fauffes idées qu'ils en conçoivent, ou par celles qui leur font communiquées par des breuvages , ou on-ctions de certaines herbes, qui fourniffent des idées de Démons, de Sabats , de Boucs, & autres extravagances , comme Gaffendi & quelques-autres curieux l'ont judicieufe-ment remarqué.

Mr. de Rhodes raporte à la page 22. d'u-ne *Lettre fur les Maladies aufquelles les Eaux minérales artificielles font propres*, qu'il gue-rit une Poffedée. Il y a deux ans , dit ce Docteur, que je fus confulté par les premiers Chanoines d'un celebre Chapitre de cette Ville (Lion) avant que de faire les Exorcif-mes au fujet d'une nouvelle convertie pré-tenduë obfedée. On difoit que fon efprit Folet la panfoit fort rudement toutes les nuits à coups de foüet & de bâton , & on lui voyoit tous les matins des contufions confiderables. J'examinai la malade , je reconnus qu'elle fouffroit des convulfions épileptiques dans certaines heures de la nuit; d'où je jugeai que le Démon étoit acculé à faux , qu'il étoit innocent , & que le mal caduc étoit feul coupable.

J'allai voir il y a quelques années , à Milleri village à trois lieuës de cette Ville (Lion) une prétenduë pofſedée , qui par des mots barbares , par fes contorfions & fes grimaces , avoit impofé à quantité d'habiles gens. Je lui fis boire du Vin Emetique : en peu de tems cette malheureufe vomit une infinité *de Démons jaunes & verts*, qui faifoient cette prétenduë poffeffion , & qui n'ofât plus revenir la laifferent en liberté.

Je crois que fi on faifoit prendre de cette liqueur aux cinquante dévotes de la Paroiffe de Chambon en Forêts proche Saint Eftienne , dont l'une aboye , les autres bêlent , henniffent, hurlent, braient & contrefont les cris de cent animaux divers , on les gueriroit de leur manie caufée par un prétendu fortilege.

Le ſçavant Fernel , qui par fa fcience & l'excellence de fon génie , s'étoit acquis auprès du Roi Henry II. la place de premier Médecin , dans le Livre qu'il a

composé , *de abditis rerum caufis* , attribuë
à la dépravation des parties fpiritueufes la
caufe de ces maladies extraordinaires. Marcile
Ficin, étoit de ce même fentiment , & ce fyftême eft prouvé admirablement par Willis
dans le beau Traité qu'il nous a donné , *de
animâ brutorum.*

De Lion le 20. Décembre 1690.

EXTRAIT

De la Réponfe de Mr. Deftaing , * *Comte de Lion à Mr. de Rhodes.*

De Paris ce 5. Janvier 1691.

J'AY reçû , Monfieur , avec un plaifir
fenfible la Lettre que vous m'avez fait
l'honneur de m'écrire , & je puis vous affurer que je n'ai pas été fâché d'avoir contribué à la guérifon de cette prétenduë poffedée , puifque vous m'affurez que c'eft fur
l'opinion que j'avois qu'elle ne l'étoit point,

---

* *Mr. Deftaing, homme de qualité , comme le doivent être
les Chanoines de Saint Jean de Lion , n'en étoit pas moins
un célebre Prédicateur , & un Théologien diftingué.*

que vous avez entrepris de la guerir par vos Eaux, dont je ſçais la réputation. Il eſt aſſez ordinaire, lorſque l'on voit des effets ſurprenants dans des perſonnes auſſi agitées que l'étoit cette pauvre Fille, d'en attribuer tous les évenemens differents à quelque choſe de ſurnaturel, mais ſouvent il y a autant d'abus que de vraiſemblance, de l'attribuer au Démon.

APPROBATION.

J'ESTIME d'une grande utilité pour le Public, la Lettre que Mr. de Rhodes a écrite en forme de Diſſertation à Mr. Deſtaing, Comte de Lion. Les Eccleſiaſtiques y apprendront l'obligation où ils ſont de ſe deffier de pluſieurs Poſſeſſions qui ne ſont qu'apparentes, & de ne pas prodiguer les Exorciſmes de l'Egliſe, les employant avec trop de credulité & trop peu de diſcernement. A Lion ce 29. Avril 1691.

COHADE, Docteur de Sorbonne.

AUTRE APPROBATION.

LA Lettre que Mr. de Rhodes a écrite en forme de Dissertation à Mr. Desdaing, Comte de Lion, est fort utile, & sur-tout aux Ecclesiastiques, qui y pourront aprendre à se deffier des Possessions qui ne sont qu'aparentes, & à ne pas prodiguer les Exorcismes de l'Eglise. A Lyon ce 30. Avril 1691.

SAINTE COLOMBE, Docteur de Sorbonne, Comte de Lyon.

Ces Approbations sont suivies de celles de Mr. d'Aquin, premier Médecin du feu Roi, & du College des Médecins de Lion; mais les Possessionnistes jugent mal de la Religion des Médecins.

Si quelqu'un de ces Messieurs qui ne croient que ceux qui pensent, ou qui par complaisance font semblant de penser comme eux, venoit à douter de la fidelité de ces Extraits, il peut consulter le recüeil des piéces pour servir de suplément à l'Histoire des pratiques superstitieuses du P. Pierre le Brun, Prêtre de l'Oratoire, tome 4. A Paris, chez la Veuve Delaulne,

Ruë Saint-Jacques à l'Empereur 1737. a-
vec Approbation & Privilege du Roy.

La prétenduë poſſeſſion de Marie Volet
eſt un fait parallele & une piece de com-
paraiſon avec la prétenduë poſſeſſion des
Filles de Landes , d'une telle juſteſſe que
les Poſſeſſionniſtes devroient renoncer à
leurs préjugés, s'ils n'ont pas encore renon-
cé à la pudeur & à la raiſon : Il feroit bien à
ſouhaiter pour leur repos & pour leur hôneur
qu'ils ſe laiſſaſſent perſuader de ce que dit S.
Auguſtin , » que la pieté & la Religion ne
» conſiſtent pas dans nos fantaiſies, & que
» la moindre verité vaut mieux que les plus
» brillantes fictions de notre eſprit.

*Non ſit nobis Religio in phantaſmatibus noſtris.
Melius eſt enim qualecunque verum , quàm
omne quidquid pro arbitrio fingi poteſt. S. Aug.
lib. de verâ Relig. c. 55.*

P

REMARQUES

Préliminaires fur la Lettre d'un Eccle-
fiaftique à un de fes Amis de B.

SI une perfonne d'un efprit folide contef-
toit la verité d'un miracle tel qu'on en a
publié de nos jours, & qu'il appuyât fon refus de l'admettre fur toutes les fins de non recevoir, qui peuvent s'employer en pareille ren-
contre ; fi une perfonne éclairée rejettoit un
fentiment d'Ecole comme n'appartenant point à
la révélation, parce qu'on ne pourroit le lui
montrer dans les Auteurs Hagiographes : que
penfer de ceux qui reprocheroient à la premiere
de combatre l'exiftence & la poffibilité même des
Miracles, & qui accuferoient la feconde de
nier l'authorité des faintes Ecritures ? un pareil procedé pafferoit pour une impudente calomnie, ou du moins pour une privation de fens
commun. Telle eft cependant la conduite de
l'Auteur de la Lettre. Pour avoir lieu de
deshonorer l'Auteur de l'Examen par de grof-
fiéres injures, il lui impute dans fon Libelle de
nier l'exiftence & la poffibilité des Poffeffions
du Démon depuis J. C. Sa pitoyable brochûre

P 2

roulle toute entiere sur cette calonieuse supofition.

Pour son honneur, il faut croire que ce Vieillard (car il se donne pour tel) n'a point lû la Réfutation, & qu'il n'a travaillé que sur l'infidele expofé de quelque Poffeffionnifte. S'il l'avoit feulement parcouruë des yeux, il auroit trouvé au commencement de la page neuviéme de l'Avertiffement * ces paroles. » Il y » a eû des Poffedés, il peut encore y en avoir. » Le nombre en a été fort grand du tems de » J. C. Il s'en trouvoit peu auparavant parmi » les Juifs. Depuis la deftruction du Paganif- » me, il y a eû très peu de poffeffions réelles » parmi les Chrétiens.

Qu'on examine le texte fans prévention, l'Auteur de l'Examen n'admet-il pas la poffibilité actuelle des poffeffions ? peut-il s'exprimer plus nettement qu'en difant : Il y a eû des poffedés, IL PEUT ENCORE Y EN AVOIR, Il ajoûte qu'il y en a eû très peu de réelles parmi les Chrétiens depuis la deftruction du Paganifme. Il dit, très peu, mais en parlant ainfi il ne les exclut pas toutes. Il dit très peu, par raport à ces poffeffions fi communes du tems de J. C. & de fes Apôtres.

A la feconde page de l'Examen l'Auteur s'exprime ainfi. » Nous refpectons comme lui, (le célebre P. du Cerceau) les Livres facrés,

* On cite la premiere Edition in-quarto.

» & notre raison n'a pas besoin d'efforts pour
» admettre tout ce qu'ils enseignent au sujet
» des Anges & des Démons & DU POUVOIR
» QUE DIEU LEUR DONNE QUAND IL
» VEUT SUR LES HOMMES.

Dès la Préface on s'étoit exprimé ainsi :
» On ne doit pas se servir de cette relation
» pour attaquer, ou faire révoquer en doute,
» les merveilles bien certaines, qui ne sçau-
» roient être que l'ouvrage du Tout-Puissant,
» ni les operations bien constantes du Démon.

Après de tels avertissemens, & des déclarations si expresses, avec quelle pudeur l'Auteur de la Lettre, vient-il traiter l'Auteur
de l'Examen de prétendu esprit fort, d'homme entêté, d'homme prévenu de lui-même, qui demande un nouveau Commentaire sur l'Ecriture ; peu scrupuleux sur
les points essentiels de la Religion, &c.
De quel front ose-t-il avancer dans tout son
Ecrit, que l'Auteur de la Réfutation nie la
possibilité des possessions ? voilà cependant l'u-
nique fondement de ses paralogismes, ou dé-
raisonnemens qui régnent d'un bout à l'autre.

Il n'y a que les Posse onnistes qui puissent
n'être pas indignés d'une si maligne extravagance : à l'égard des injures grossiéres qu'il ré-
pand dans sa Lettre, il n'y a pas tout à fait
lieu de s'en étonner. C'est l'esprit & le langa-

ge Théologique d'une portion d'un certain Clergé ignorant , qui crie , à l'hérefie , & à l'a-
théïfme, dès qu'on choque les opinions & les préjugés des membres qui le compofent. Cette métho-
de eft des plus cōmodes; elle fuplée aux raifons qui
leur manquent. C'eft l'abregé des Controverfes.

A confiderer l'efpece de Sentence Latine que
l'Ecrivain Poffeffionnifte a mife au frontifpice
de fa Lettre , on croiroit que c'eft un Philofophe , qui va propofer des raifonnemens folides,
ou du moins des doutes fçavans. On s'attend à
des difcuffions & à des recherches ; que trouve-
t-on ? un pitoyable Sophifte qui fe forme un
phantôme contre lequel il s'efcrime, & que l'on
abandonne volontiers à fes coups. Il fe tour-
mente , il fuë pour établir ce que perfonne ne
lui contefte , & laiffe le point de la queftion à
cent lieües de lui. Il s'agit d'un fait dont l'é-
xiftence eft conteftée , & il combat pour le droit
dont on eft convenu avant qn'il eût écrit. Il
s'éforce de prouver une poffibilité vague que l'Auteur de l'Examen a avoüée clairement & fans détour. Si l'on peut être Philofophe à ce prix , il
n'y a perfonne aux petites maifons qui ne puiffe
afpirer à cet honneur.

Le défenfeur de la prétenduë Poffeffion de
Landes accufe l'Auteur de l'Examen d'être tombé en contradiction , en parlant de la connoiffance des Démons , & des commandemens interieurs , que l'on fait aux perfonnes poffedées.

Pour se contredire il faudroit que l'Auteur eût *affirmé auparavant quelque chose sur la manie-* *re dont* les *Démons connoissent nos pensées :* mais c'est de quoi il n'a pas dit un seul mot. Il s'est contenté d'avancer que Dieu seul connoît le fonds de nos ames : que lui seul est le scrutateur des cœurs, suivant cette parole de l'Ecriture 3. Reg. ch. 8. ℣. 39. Il n'y a que vous seul qui connoissiez le fond du cœur des enfans des hommes: *& cet endroit de Je-* *remie ch.* 15. ℣. 9. *&* 10. Le cœur de tous les hommes est corrompu [*suivant les septan-* *te.*] Le cœur est profond au de-là de tout ce qu'on peut dire, il est impenetrable, qui pourra le connoître ? c'est moi qui suis le Seigneur qui sonde les cœurs, & qui éprou- ve les reins. . . . . . *Le Réfutateur n'a rien a-* *jouté au-delà de cette assertion des oracles Di-* *vins ; il laisse à l'Auteur de la Lettre le soin* *de nous expliquer de quelle façon les Démons* *connoissent nos pensées ,* *&* *comment ils nous* *communiquent les leurs. S'il peut nous donner* *sur cette matiére quelque chose de plus satisfai-* *sant , que les conjectures des Anciens ,* *&* *de* *plus clair que le jargon des Scholastiques , no-* *tre siécle , plus difficile* *&* *plus exact en matié-* *re de Philosophie , que les précedens, lui en fera* *des remercimens publics.*

La révelation parle clairement de l'existence

des Anges bons & mauvais , elle nous instruit sur leur ministere, sur leurs offices, leur activité, leurs inclinations , leur énergie ; mais elle ne nous déclare rien au-delà , sur quoi on puisse solidement s'apuyer. Rien n'est plus sage que de s'en tenir à ce que nous dit S. Augustin L. 3. de Trin. c. 11. en parlant des Anges, & de la maniére dont ils executent les ordres de Dieu, Nous respectons, *dit-il*, l'avis de l'Apôtre. *Rom.* 12. ℣. 3. nous ne voulons pas qu'on nous accuse de nous élever dans nos pensées, au-delà de ce que nous devons. Tenons-nous dans les bornes de la modération, selon la foi que Dieu nous a départie. ›› Nous ›› croions , & la foi régle notre langage. ›› Nous avons l'authorité des Divines Ecri-›› tures , d'où nos pensées ne doivent point ›› s'écarter. Gardons-nous bien d'abandonner ›› la solidité des oracles divins, pour nous pré-›› cipiter dans des conjectures destituées du ›› témoignage des sens & de l'évidence dont la vérité éclaire la raison,

Insister plus long-tems sur les égaremens de l'Auteur de la Lettre, faire sentir sa foiblesse & sa déraison; ce seroit faire trop d'état de cette production frivole. On l'auroit pris sur un autre ton, s'il eût montré plus de politesse & de savoir vivre. C'est une vraie mortification , que d'être forcé de mépriser un Ecrit , qui ne peut que deshonorer un Ecclesiastique, dont la prudence devroit égaler les années. Mais helas ! les cheveux blancs ne sont pas toûjours l'enseigne de la sagesse.

LETTRE

D'UN ECCLESIASTIQUE

à un de ses Amis de B. contenant quelques Réflexions Sommaires sur un Imprimé, intitulé.

Examen de la prétenduë Possession des Filles de la Parroisse de Landes, Diocèse de Bayeux, & Réfutation du Mémoire, par lequel on s'éforce de l'établir.

Propter * *veritatem debent sibi Philosophi contradicere.* Arist. Top. 1.

MONSIEUR,

VOUS éxigez de moi que je vous dise ce que je pense de l'Imprimé que vous avez eû la bonté de m'envoyer.

---

* *Si par le mensonge & la mauvaise foi on peut parvenir à la vérité, il n'y a qu'à souhaiter encore un Siécle ou deux de vie à l'Auteur de cette Lettre : il enrichira la postérité de belles découvertes.*

Je fuis furpris, que perfonne n'ait tenté, jufqu'à prefent, d'y répondre. J'étois déja informé du bruit que cet Ouvrage a fait dans la Province, & même ailleurs, dès qu'il a paru. L'empreffement avec lequel il a été lû du Public, toûjours curieux de ce qui eft nouveau, paroît lui avoir décerné un triomphe, (a) que plufieurs, moins ébloü-is & prévenus, lui ont refufé. Je vous a-voüerai volontiers, que fur le raport, que m'en ont fait quelques-uns de mes amis de ces environs, j'ai été curieux, comme beaucoup d'autres, de le lire, & je vous fçais bon gré de vous reffouvenir d'un de vos véritables amis. La lecture de ce Mé-moire m'a fourni quelques réflexions, dont je veux bien, en revenche, vous faire part. Ce fera à vous d'en porter le jugement que vous voudrez. N'attendez pas cependant de moi un détail circonftancié, enjoüé, & approchant du ftile de celui de fon Auteur.

(a) *L'Auteur de la Réfutation n'a cherché ni victoire, ni triomphe. Il n'a combatu que pour diffiper l'illufion qu'on faifoit au Public. Prefque tout le monde s'eft tenu en garde, depuis qu'il a été averti. Un petit nombre refufe de fe laiffer diffuader, & perfe-vere dans fa foible credulité. Ce feroit une efpece de miracle fi les chofes étoient autrement.*

Mon âge de plus de 80. (a) ans me prive de cette vivacité d'esprit qui procure le choix des penfées. A cet âge on cherche, en tatonnant, pour ainfi dire, des expreffions vives, & les termes coulants ne fe prefentent plus. J'effairai feulement de vous écrire d'une maniere précife, ce que dans un âge moins avancé, j'aurois traité plus amplement.

Pour peu que l'on veüille donner d'attention à cet ouvrage, il eft aifé de lever le voile dont on a voulu le couvrir ; car fi l'Auteur s'eft égaré en bien des endroits, c'eft que, n'ayant travaillé que fur des Mémoires qui lui ont été fournis par ceux qui frequentoient la Maifon de M. de L. ***, il a crû ne rien rifquer, en mettant au jour ce qu'il avoit appris de ces mêmes perfonnes, que l'on fçait lui être unis de cœur & de fentimens (b). Cet Auteur a voulu égayer un fujet qu'il a traité de pure bagatelle, quoiqu'il foit des plus férieux pour ceux qu'il affecte de tourner en ridicule : mais quand on veut rire aux dépens d'au-

(a) *O fterile vieilleffe*
A quoi bon par écrit nous prouver ta foibleffe ?
(b) *L'Auteur de l'Examen n'eft d'aucune Secte, ni d'aucun parti. En matiére de Religion il n'a point d'autres fentimens que ceux de l'Eglife Catholique.*

trui , on n'y regarde pas dé fi près. L'on a
vû , de tems à autre , des Crieurs , perfuader au Peuple des Fables aufquelles ils
donnoient tout l'ornement & les apparen-
ces d'une réalité , en les accompagnant de
circonftances & incidens les plus vrai-fem-
blables. Plufieurs fe font laiffé prendre à
leur faux brillant, quoiqu'ils en apperçuf-
fent fenfiblement le ridicule. Jufqu'où n'a-
t-on point porté la credulité? Combien de
tems n'a-t'on pas ajoûté foi à des chofes ,
qui ne tiroient leur origine que d'un oüi-
dire : étrange aveuglement de l'homme !
J'applaudirois volontiers à cet Ouvrage, fi
fon Auteur étoit moins prévenu de lui-même , & moins mordant. Ses termes , quoique choifis , ne font pas , fur tout en fait
de Poëfie, affez (a) refervés, & fi je ne me
trompe , (b) il n'eft pas trop fcrupuleux
fur les points effentiels de la Religion. Ses
fentimens font captieux. (c) Son ftile leger & coulant, en dérobe, pour ainfi dire,

(a) *Que veut-il dire ? cela eft inintelligible.*

(b) *Il fe trompe. Le Réfutateur eft fort fcrupuleux
fur les points effentiels de la Religion ; mais il ne croit
pas devoir être gêné par des opinions humaines.*

(c) *Il ne loüe que pour injurier ; mais fon peu de
difcernement fait que fon approbation eft fans conféquence , ainfi que fes invectives.*

le mauvais ; car on peut dire avec verité, qu'il possede la belle maniere d'écrire , & que le coup d'œil de son Examen est séduisant. Il seroit à souhaiter qu'il se servît de ses talens pour tout autre sujet , que celui qu'il a voulu traiter. Je ne doute nullement de la réüssite. Il a sçû fixer agréablement l'attention de ses Lecteurs , par des expressions qui ont imposé ce semble, aux critiques les plus judicieux & les plus séveres.

Cet Auteur prétend renverser les Décisions de plusieurs grands Génies, (a) leur faire voir qu'ils se sont trompés dans leur Jugement , & que celui des douze Docteurs de Sorbonne qui ont été consultés sur la Possession des Filles de Mr. de L. ***, n'est d'aucun poids; que la Faculté de Médecine de Paris s'est trompée lorsqu'elle a déclaré que plusieurs des faits énoncés, surpassoient les forces de la nature , & ne pouvoient être expliqués par aucun principe de Physique.

Ce seroit une fausse complaisance de ne point exprimer son sentiment sur la matiére presente , qui par differens écrits de part

_____

(a) On ne peut deviner quels sont ces grands Génies dont l'Auteur de la Lettre veut parler.

& d'autre, a fourni un sujet de controverse dans la Province, & de quoi s'amuser & s'entretenir dans les cercles & autres compagnies.

(a) Selon cet Auteur, non-seulement les Docteurs de Sorbonne & de Médecine qui ont été consultés, se trompent. Il leur associe même, les plus célebres Ecrivains sur le fait des Possessions & de la Magie, & les compare à des enfans. il s'en explique ainsi. » On a vû des sçavants du pre-
» mier ordre, distingués par leurs connois-
» sances, & par la solidité de leurs Juge-
» mens, être aussi crédules que des enfans
» sur ce chapitre . . . . . & ces hommes si
» respectables ont contribué à perpetuer
» l'erreur. Pref. lig. 19. Il fait voir qu'il se croit des lumieres beaucoup superieures à celles de ces Grands (b) Hommes ; mais

---

(a). L'Auteur de la Préface n'est pas le même que celui de l'Examen & de la Réfutation. Ce que l'on dit n'est pas pour le desavoüer : il à parlé exactement. Et si l'Auteur de la Letire y avoit fait attention, il se seroit épargné la peine de si mal raisonner.

(b) Les plus Grands Hommes n'ont pas des lumiéres infaillibles ; on peut connoitre des vérités qui leur ont échapé. Saint Augustin ne croyoit pas d'Antipodes. Fernand Velosillo Evêque de Luques a critiqué les principaux Docteurs de l'Eglise ; leur étoit-il superieur en lumieres ? advertentiæ in B. Chrysost. & quatuor Ecclesiæ Doctores &c. Venetiis 1601. in-folio.

ce qui eſt encore plus ſurprenant, c'eſt qu'il s'éleve au-deſſus des Déciſions de l'Egliſe, & des Peres, & comme il n'oſe attaquer ouvertement le Texte Sacré, ce qui le feroit regarder comme un Athée, & lui ôteroit toute croyance, il prétend que tous ceux, ſans réſerve aucune, qui l'ont interpreté, lui ont donné un autre ſens que le véritable. Voici comme il en parle. » S'auto-
» riſer de l'Ecriture Sainte, pour juſtifier
» de pareils écarts, ce n'eſt pas la reſpec-
» ter, c'eſt en abuſer. Qu'il ſeroit à ſou-
» haiter qu'il ſe trouvât quelqu'un qui eût
» aſſez de lumieres, de tems, de ſanté, &
» de courage, pour faire remarquer combien
» on abuſe de ces ſources Sacrées, où le
» fanatiſme va puiſer de quoi colorer ſes
» folles imaginations. Ex. pa. 2. col. 2.
Eſt-il poſſible que dans un ſi grand nombre d'Interpretes de l'Ecriture, il ne s'en ſoit pas trouvé un ſeul qui ait eû aſſez de lumieres pour découvrir le ſens que cet Auteur prétend lui appartenir !

Il faut à la verité, bien des lumieres, du tems, de la ſanté, & du courage pour commenter toute l'Ecriture de l'Ancien & du Nouveau Teſtament, mais pour expliquer ſeulement les paſſages, où cet Auteur dit que le Fanatiſme va puiſer ſa doctrine, nous perſuadera-t-il que l'entrepriſe ſoit ſi difficile ? Que n'employoit-il le tems qu'il a donné à ſon Examen, à faire part au Public de ſes découvertes, il deſarmeroit par là ces Fanatiques qui font leur principal appui de ces paſſages, & dont ils préferent l'autorité au plus ſolide raiſonnement des hommes.

Quoique cet Ecrivain n'adopte pas le grand nombre de paſſages des Peres de l'Egliſe, qui ſont contraires à ſon ſentiment, il en a néanmoins mal entendu un dans S. Auguſtin, & qui fait tout le fondement de ſa fauſſe doctrine.

Tout ſon Ecrit roûle ſur ce paſſage, dont il ne raporte ni le texte, (a) ni le lieu d'où il l'a tiré. Voici de quelle maniére il établit ſon ſyſtême ſur ce paſſage : » le » Prince de ce monde a été chaſſé dehors, » ainſi que l'aſſûre J. C. Laiſſons les Poſ- » ſeſſionniſtes courir après ce cruel tyran, » pour le ramener, avec tous ſes miniſtres, » dans les lieux qui appartiennent à celui

(a) Il y a ici de la mauvaiſe foi, ou les citations qui ſont à la marge ont échapé aux lunettes du bonhomme. Dire que tout l'Examen roûle ſur un paſſage, c'eſt chercher à en impoſer groſſierement. Mais l'Ouvrage eſt entre les mains du Public, on peut le conſulter.

qui

» qui l'a vaincu, & qui lui a ôté toutes les
» armes, dans lesquelles il mettoit toute sa
» confiance, c'est un lion rugissant, mais
» il est ENCHAINE', dit Saint Augustin, il
» ne peut s'élancer au-delà de sa chaîne.

Lorsque S. Augustin a dit que le Diable
étoit enchaîné, (a) on sent bien qu'il parloit métaphoriquement. En effet, la puissance de Dieu qui l'empêche d'agir à sa vo-
lonté, est une espece de chaîne qui le re-
tient, sans laquelle il exerceroit sans ces-
se sa tyrannie, & sa fureur contre nous ;
Mais comme il est l'exécuteur de sa Justice,
suivant l'étenduë de ses Jugemens, & non
au-delà, Dieu permet, quand il lui plaît,
qu'il nous afflige pour punition de nos pe-
chés, comme il le permît en la personne
de Job, vrai modele de patience. On ne
doit pas s'étonner si Dieu abandonne au
Démon ceux qui l'ont abandonné, pour les
séduire par de fausses promesses, & en faire ses esclaves, sans cependant pouvoir at-
tenter à leur vie ; ce sont des moyens dont

(a) *Le Diable est enchaîné dans plusieurs de ses ope-*
rations. Voyez S. Aug. sur l'Ev. de S. Jean Ch. 12.
v. 31. & Corneille de la Pierre sur ce même passage ;
mais en verité les Anges, les Ministres, les Imita-
teurs du Prince du Siécle agissent encore aujourd'hui
avec bien de la liberté.

Q

la Divine providence se sert, pour les remettre dans la voye du salut.

Pour établir que Saint Augustin, ne prétend pas que le Diable soit tellement enchaîné, qu'il ne puisse agir en ce monde,
lorsque Dieu le lui permet, il ne faut que
parcourir ses Ouvrages pour y lire le contraire en quantité d'endroits. Je vais vous
rapporter quelques passages de ce Grand
Docteur, qui seront de décision. *Ex Dei
potentatu fit, ut quod possent hi Angeli, si per-
mitterentur, ideo non possint quia non permit-
tuntur, lib. 3. de Trin. cap. 9. num.* 18. Ils
ont donc de la puissance en ce monde, &
conséquemment ils ne sont point ENCHAI-
NE'S, & peuvent agir, pour nous séduire,
& nous engager dans le crime, lorsque
nous sommes assez lâches pour les écouter
& leur obéïr.

Si le Diable (a) étoit enchaîné, & chas-

_____

(a) *S. Pierre, S. Jean & S. Augustin ont dit
l'un, & J. C. a dit l'autre en parlant de l'Eglise &
non du monde entier. Dieu, dit S. Pierre Epit. 2.
Ch. 2. v. 4. n'a point épargné les Anges qui ont pe-
ché, mais les a précipités dans l'abyme avec les chaînes de l'Enfer pour être tourmentés & tenus comme
en réserve jusqu'au Jugement. S. Jude dit la même
chose dans son Epitre v. 6. Apoc. Ch. 20. v. 2. S.
Jean 12. v. 31.*

sé hors de ce monde, comme le dit l'Auteur, les Magiciens ne feroient pas les prodiges qu'ils font par l'operation de ce Prince des ténebres, comme l'affure le même S. Auguftin. *Omnia miracula magorum .. : doctrinis fiunt & operibus Dæmonum, lib. 8. de Civit. Dei cap.* 9. d'où il faut conclure que les Démons ne font pas hors du monde, s'ils y viennent inftruire leurs Sujets, & leur faire faire des prodiges, & lorfqu'ils prennent la forme d'un Ange de lumiere pour nous tenter, ce n'eft pas au fond des Enfers, qu'ils nous paroiffent tels, & qu'ils prennent cette figure. *Aliquando Satanas tranffigurat fe velut Angelus lucis, ad tentandos eos, quos ita vel erudiri opus eft, vel decipi juftum eft, lib.* 19. *de Civit. Dei, cap.* 9. A quoi ce Pere ajoûte, qu'il faudroit nier les Décifions de l'Ecriture, pour méconnoître que les Démons peuvent faire par eux-mêmes des chofes merveilleufes. *Addimus . . . ipforum per ipfos, Dæmonum, multa miracula, quæ fi negare voluerimus, eidem ipfi cui credimus Sacrarum Litterarum adverfabimur veritati, lib.* 21. *de Civit. Dei cap.* 6.

Par ces paroles, il paroît évidemment, que ce Saint puifoit fa doctrine dans les fources Sacrées de l'Ecriture, fans en demander de nouvelles interpretations, comme

Q 2

le defire l'Auteur. Je pourrois rapporter ici plufieurs autres paffages de ce Pere, pour juftifier la même doctrine du pouvoir des Démons, qui n'en auroient aucun, s'ils étoient enchaînés hors de ce monde depuis la mort de J. C.

Saint Auguftin n'a pas, le feul, décidé du pouvoir des Démons, en ce monde; Saint Thomas penfe de même, & ajoûte, qu'ils n'ont rien perdu de leurs proprietés naturelles par leur chute. *Peccando, Diabolus proprietatem naturæ fuæ non amifit, fed data naturalia in eis manent integra & fplendidiffima*, ce que S. Auguftin avoit dit avant lui, *lib. de Gen. cap. 23. n. 3.* & ailleurs. Ce Saint Docteur Angelique s'exprime encore ainfi. *Omnia quæ vifibiliter fiunt in hoc mundo, poffunt fieri per Dæmones.* On trouvera dans fes Ouvrages une quantité de femblables paffages, que je raporterois inutilement.

Quoique cet Auteur cite Tertullien, en fa faveur, fans en rapporter les paroles (a) il n'en tirera pas un grand avantage, car

____

(a) *Le bon homme n'a pû, ou plûtôt n'a pas voulu appercevoir les guillemets & la citation qui font à côté des paroles de Tertullien. Pourquoi écrire s'il n'y voit goute; & s'il y voit, où eft la bonne foi ?*

on lui dira ce qu'on lui a déja dit sur son passage de Saint Auguftin, que Tertullien dit
le contraire en fon Traité *de Animâ*, ch.
57. & en fon Apologie ch. 22. Mais
pour achever de le confondre, on le renvoye à tant d'autres Auteurs refpectables,
comme S. Irenée *lib*. 2. *contra Herefes;* S.
Cirille de Jerufalem Cath. 15. pag. 231. S.
Juftin Diac. *contra Triph*. S. Anaftafe Sinaï-
te Patriarche d'Antioche, S. Cyprien *lib.*
de Van. idol. Eufebe de Cefarée *de Præcep.*
Evang. cap. 6. & 9. &c. Il eft vrai que cet
Auteur refifte au fentiment de ces Grands
Hommes, comme vous avez pû le remarquer ci-devant.

Je vous ai fait obferver, Monfieur, au
commencement de cette Lettre, que l'Auteur de l'Examen fouhaitoit qu'on donnât
à l'Ecriture un fens (a) qui lui fût favorable, pour appuyer fes fauffes idées, c'eft-
à-dire pour faire voir que les Diables, n'ont
plus aucun pouvoir fur la terre où ils n'ha-
bitent plus; qu'ils n'ont aucun commerce
avec les hommes, qu'il ne fe fait aucunes
pactions entr'eux, & que par conféquent
on ne doit point croire qu'il foit des Sor-

(a) *Cet Ecrivain prend tout à gauche, & donne*
des interprétations également ridicules & finiftres.

ciers & des Magiciens : c'eſt là ſa doctrine, & une ſuite naturelle de ſes principes. Voyons quelqu'uns des paſſages dont il deſire ardemment l'interpretation , & examinons ſi on peut leur donner un ſens qui ſoit tel, que les Poſſeſſionniſtes (puiſqu'il leur donne ce nom) n'en puiſſent tirer aucun avantage contre ſa doctrine.

Nous liſons dans le Levitique , *non declinetis ad Magos , nec ab Ariolis aliquid ſciſcitemini, ne polluamini per eos. Cap.* 19. *verſ.* 31. Nous ſommes par là avertis de ne pas nous adreſſer aux Magiciens, & de ne point conſulter les Devins ; de peur de nous ſoüiller par leur commerce. Quelle interpretation pourroit-on donner à ce paſſage, pour que l'on ne pût s'en ſervir pour juſtifier la réalité de la Magié de laquelle le Texte Sacré nous avertit de nous éloigner. On lit encore dans le Levitique cet autre paſſage. *Anima quæ declinaverit ad Magos & ad Ariolos , & fornicata fuerit cum eis , ponam faciem meam contra eam , & interficiam eam Cap.* 20. *verſ.* 6. Ces menaces, du Tout-Puiſſant , ne ſont pas en vain. Il nous aſſûre que l'ame qui cherche les Magiciens & les Devins , & qui a commerce avec eux , attirera ſur elle ſon indignation, & ſon bras vengeur l'exterminera. Peut-on

douter (a) après ces paroles, de la réalité des Magiciens & des Devins. Dans le
premier Livre des Rois, chap. 28. verf. 7.
& fuivants, on voit que Saül chaffa de
fon empire les Magiciens & les Devins.
Saul abftulit Magos & Ariolos de terrâ. Il y
en avoit donc alors dans fes Etats. Pourra-
t-on dire que ce paffage, les précedents,
& quantité d'autres qu'on pourroit rapporter, ne font point décififs, pour la réalité
de la Magie ? Pourroit-on y donner une ex-
plication contraire ? On trouvera encore
de femblables paffages aux Paralippomenes
ch. 23. verf. 6. En Jeremie ch. 27. verf.
9. En Daniel ch. 2. verf. 2. 5. 10. & 27.
chap. 4. verf. 4. chap. 5. verf. 7. & autres
lieux.

Mais parce que ce prétendu Efprit fort,
(b) dit que les Diables ne font enchaînés,
que depuis la mort & Paffion de J. C. il
faut voir quelle interpretation on pourroit
donner aux paffages des Actes des Apôtres,

(a) *Quel travers d'efprit de s'amufer à prouver
ce qui n'a pas été contefté.*

(b) Ce prétendu Efprit fort, *n'a point dit cela.
Il fçavoit ce qui eft dit du Diable Afmodée que l'Ange Raphaël enchaina dans les Deferts de la haute Egyp-
te Tob. chap. 8. v. 3. Voyez la Differtation de Dom
Calmet fur cet endroit.*

qui nous inftruifent ce de qui fe paffa a-
près l'Afcenfion de Notre-Sauveur. Com-
mençons par celui-ci. *Vir autem nomine Simon, qui antè fuerat magus in civitate fedu-
cens gentem Samariæ. Act. Apoft. cap. 8. verf.*
9. Le Nouveau Teftament fait mention,
comme l'Ancien, de Magiciens, mais ce
Simon n'étoit pas feul, & nous trouvons
au chap. 23. verf. 6. cet autre paffage, *in-
venerunt quemdam virum magum Pfeudo-
Prophetam, Judæum, cui nomen erat Barje-
fu,* conféquemment il étoit des Magiciens
après la mort de J. C. comme auparavant,
& conféquemment le Diable n'étoit pas
enchaîné hors de ce monde ; nous lifons
dans les mêmes Actes cet autre, *refiftebat
autem Elimas Magus Act. cap. 13. verf. 8.*.
Que cet incredule, interprete lui-même
& explique ces trois paffages.

Vous m'objecterez, peut-être, que ces
paffages de l'Ecriture, prouvent qu'il étoit
des Magiciens avant & depuis la Redemption du Genre humain, mais qu'ils n'éta-
bliffent pas les Poffeffions. A cela je vous
réponds, que, puifque l'Ecriture Sainte
fait mention de Magiciens depuis la mort
de Jefus-Chrift, les Diables ne font point
depuis ce tems-là enchaînés hors de ce
monde, & cela me fuffit pour vous faire

voir le faux du raifonnement de ce fçavant du (a) premier ordre. (b) Si au contraire (ce qui n'eft que trop vrai) l'ennemi des hommes eft vagabond, comme il l'étoit anciennement, pourquoi, par permiffion de Dieu, & pour des raifons à lui feul connuës, n'entrera-t-il pas dans le corps humain, & voilà la Poffeffion. Il n'eft point de plus grande raifon qui puiffe nous convaincre, qu'il eft des fubftances purement fpirituelles, & par conféquent immortelles, dont les Athées ne conviennent pas, non plus qu'anciennement les Saducéens. Dans ces tems (de Poffeffion) le Diable Pere du menfonge eft fouvent contraint & forcé de nous annoncer, malgré fa réfiftance, des vérités édifiantes qui raniment notre foi, & la réveillent ; vérités qui ont porté, de grands pécheurs à des pénitences éclatantes.

Or pour détruire entiérement le fentiment de l'Auteur de l'Examen fur les Poffeffions, & lui prouver de plus en plus par l'Ecriture, que depuis la mort de Jefus-

(a) *Ironie des plus fades.*

(b) *Dans quel ordre de fçavans mettra-t-on l'Auteur de la Lettre ? S'il étoit moins vieux, on lui confeilleroit de faire de bonnes études, pour fortir de la foule des ignorans qui croient fçavoir quelque chofe.*

Chrift il y (a) en a eû de véritables & réelles , je le renvoye aux mêmes Actes des
Apôtres , il y lira dans le chap. 5. verf. 16.
le paffage fuivant. *Concurrebant autem & mul-
titudo vicinarum Civitatum Jerufalem afferen-
tes Ægros & vexatos à Spiritibus immundis,
& curabantur omnes.* Il ne me perfuadera pas
que ces *Efprits immondes* ne font pas des
Diables non enchaînés. L'Eglife les nomme ainfi dans la Benediction de l'Eau. Il
peut encore lire le paffage fuivant aux Actes des Apôtres chap. 8. verf. 7. *Multi enim
eorum qui habebant Spiritus immundos , cla-
mantes voce magnâ exibant.* Les Apôtres fe
fervoient dans ces tems-là du pouvoir que
leur Divin Maître leur donna avant de les
quitter: pouvoir, dont leurs Succeffeurs fe
font auffi fervi dans de femblables néceffi-
tés , & que l'Eglife confervera jufqu'à la
fin des fiécles.

Peut-on trouver mauvais , que Mr. de
L. ***, dont la folide pieté eft connuë,
ait eû recours aux remedes que l'Eglife,

(a) *On le répete de nouveau : l'Auteur de l'Examen a déclaré en plus d'un endroit qu'il y en a eû, &
qu'il peut y en avoir. La Differtation eft entre les mains
du Public, il n'y a qu'à lire pour être convaincu de la
mauvaife foy ou de l'extravagance de l'Auteur de la
Lettre.*

comme fa Mere, lui offroit, pour fa tranquilité & le repos de fa Famille. Ses démarches ont été mieux réglées qu'on ne veut
le perfuader. C'eft un Pere qui fouffre dans
fes enfans, & on le blâmera de chercher à
leur procurer du foulagement ! Il n'eft pas
affez ennemi de fa réputation & de l'établiffement de fes Filles, pour avoir donné,
tête baiffée dans des *rêveries & bigoteries*,
qui l'ont pouffé, dit-on, à leur donner une
éducation toute particuliere, dont les effets ont été des grimaces, des poftures, &
autres foupleffes étudiées & concertées à
deffein.

Pourquoi ne voudra-t-on pas que Dieu,
dont les Jugemens font impenetrables, ait
eû fes vûës, toûjours juftes & équitables,
en affligeant ainfi Mr. de L. ***? Job fut-il
mieux traité dans fa perfonne, & dans fes
biens ? & puifque les Poffeffions demeurent pour conftantes depuis la mort de J.
(a) C. eft-il une Famille qui s'en puiffe
dire exempte, fi Dieu le permet ainfi ?

Il me feroit encore facile, pour conftater la réalité des poffeffions, de citer plu-

---

(a) *Les Imitateurs des Démons, fucceffeurs de leur*
cruelle envie & de leur infatigable malignité, exer-
cent effectivement & exerceront jufqu'à la fin du mon-
de la patience des gens de bien.

sieurs passages. Je m'arrêterai à ces deux derniers. *Factum est autem euntibus nobis, ad orationem, puellam quandam habentem Spiritum Phytonem obviare nobis .... dolens autem Paulus & conversus, Spiritui dixit, Præcipio tibi in nomine J. C. exire ab eâ, & exivit eâdem horâ* ch. 16. vers. 16. Act. Apost. *Virtutesque non quaslibet faciebat Deus per manum Pauli., ita ut etiam super languidos defferrentur à corpore ejus sudaria, & semicinctia, & recedebant ab eis languores & spiritus nequam egrediebantur ; tentaverunt autem .... nomen Domini Jesu dicentes, adjuro vos per Jesum quem Paulus prædicat . ... Respondens autem spiritus nequam dixit eis : Jesum novi, & Paulum scio, vos autem, qui estis & insiliens in eos homo in quo erat DÆMONIUM pessimum, & dominatus amborum, invaluit contra eos, ita ut nudi & vulnerati effugerunt de domo illà, cap.* 19. *vers.* 11. Ce dernier passage fait voir que l'Ecriture donne aux Démons, les noms d'Esprits immondes, d'Esprits Pythoniques & d'Esprits malins. (a) Que l'Auteur de l'Examen,

(a) *Cet Auteur n'a donné aucune interpretation aux paroles Sacrées, & il n'a point contesté la possibilité des Possessions. Il faut le redire à tout moment, puisque l'Auteur de la Lettre met continuellement cette imposture & cette fausse allegation en œuvre.*

interprete tant qu'il voudra ces paſſages,
comme il le deſire dans l'Avertiſſement de
ſon Ouvrage, il ne perſuadera jamais que
depuis la mort de J. C. il n'y ait eû de
véritables Poſſeſſions : penſer autrement,
c'eſt renverſer les fondemens de la Religion
Chrétienne, c'eſt être indigne du nom de
Chrétien, c'eſt en un mot abjurer hautement ſa foi. Ecoutons-le cependant en faire une proteſtation, pour gagner d'abord
la confiance du Lecteur, proteſtation au
reſte, peu ſincere, à en juger par ſes ſentimens erronés. » Je proteſte que je reve-
» re l'Evangile avec la veneration la plus
» parfaite, & que je crois d'une Foi Di-
» vine les vérités qu'il contient, (ajoûtant)
» mais je ne ſuis pas d'humeur de ſouſcrire le
» Commentaire des Poſſeſſionniſtes, ni d'a-
» dopter toutes les conſéquences qu'ils vou-
» droient tirer de l'Hiſtoire Eccleſiaſtique.
S'eſt-il perſuadé que ſi quelqu'uns, faute
d'examen ou de lumieres, ſe ſont laiſſés
ſéduire, par ſon affectation de ſincerité,
& par ſes termes choiſis, il ne ſe trouvera perſonne qui oſe ſe déclarer ſon adver-
ſaire, & qui ne réfute pleinement ſon ſentiment, oppoſé & contraire au texte de
l'Ecriture Sainte. Je puis vous aſſûrer que
je ſouhaite de tout mon cœur, qu'une plu-

me plus legere & sçavante le terrasse , & démonte entierement ses batteries. Ce n'est que pour vous contenter que je vous fais part de mes réflexions , je ne suis engagé à le faire par aucun autre motif. Je n'ai aucune relation avec Mr. & Mad. de L. ***. Si j'étois d'une santé plus vigoureuse , & moins âgé , (a) je leur offrirois de bon cœur ma plume, quoique foible, pour confondre cet Auteur entêté.

On ne doit pas être supris , si cet Ecrivain fleuri , qui n'admet l'Ecriture Sainte qu'autant qu'elle a du raport à ses principes, soutient le contraire de ce qu'elle nous enseigne , & ne fait pas grand cas des décisions de l'Eglise. Il s'en explique assez clairement, lorsqu'il dit, que ce sont des hommes qui ont composé le Rituel (b) & tous les Exorcismes qu'il contient ; que ce sont

(a) *Il lui manque bien d'autres choses pour écrire. Il lui faudroit d'abord un amour sincere de la verité. Il lui faudroit en second lieu du discernement pour ne pas tout confondre comme il fait.*

(b) *Si ce ne sont pas des hommes, qu'il nous dise donc qui a composé ces Ouvrages Liturgiques. Si ces Livres sont Divins que penser de la conduite de l'Eglise qui les réforme & qui y fait les changemens qu'elle juge convenables? s'ils sont Divins , est-il permis d'y ajoûter , ou d'en retrancher?*

des hommes qui ont inventés les Prônes, où l'on excommunie les Magiciens & les Sorciers; que ce font des hommes qui ont reglé les Prieres de la Benediction de l'Eau, qui n'auroit pas, felon lui, le pouvoir de chaffer le Diable, puifqu'il eft ENCHAINE' hors de ce monde. En un mot, que ce font des hommes, qui ont établi tout ce qui fe pratique dans l'Eglife, qui établit des Exorciftes dans l'adminiftration des moindres Ordres. Ces fentimens ne font-ils donc pas bien éloignés du Chriftianifme, qui nous enfeigne, que ceux qui n'auront point l'Eglife pour Mere, n'auront point Dieu pour Pere : c'eft la déclarer [cette Eglife contre qui les Portes de l'Enfer ne prévaudront jamais,] dans l'erreur, que de contredire ce qu'elle nous enfeigne. Ne perdons point de vûë, je vous prie, fon raifonnement.

Par une contradiction manifefte à fon foutien, il dit que ,, notre cœur eft un ,, Sanctuaire où le Démon ne peut entrer, ,, fi nos paffions ne l'y introduifent; Il faut avant toutes chofes qu'il le déchaîne, puifqu'il affure ,, qu'il ne peut s'élancer ,, au-delà de fa chaîne. Avert. p. 9. S'il peut entrer en nos cœurs, quand Dieu le lui permet, ou l'y oblige, *five finendo, five jubendo*, comme le dit Saint Auguftin , il quitteroit donc l'Enfer [a] [où felon lui, il doit être relegué par Jefus-Chrift] pour venir loger dans nos cœurs : mais où pourra-t-il trouver ce banniffement en ce fombre domicile, depuis notre redemption. S. Pierre nous affure le contraire par ces mots, *adverfarius vefter Diabolus tanquam leo rugiens circuit, &c.* 1. Pet. c. 5. v. 8. Inutilement l'Eglife nous mettroit dans la bouche , *ab incidiis Diaboli, &c.*

L'Auteur de l'Examen, en admettant l'entrée du Démon dans nos cœurs , l'y prive de tout empire , puifqu'il foutient ,, qu'il ,, ne peut fçavoir ce qui s'y paffe ; qu'au- ,, trement il partageroit avec Dieu la qua- ,, lité de fcrutateur de nos cœurs, qui n'a- ,, partient qu'à celui qui les a formés. Si cependant il ne connoiffoit pas nos penfées, il ne fçauroit quand il auroit droit de loger dans nos cœurs , & il y viendroit inutilement, s'il ne pouvoit pas infpirer de mauvais fentimens à nos ames ; car on pé- che quelque fois , fans que nos paffions y ayent aucune part , comme lorfqu'on

(a) *Voilà encore une fauffe imputation. Le Réfutateur n'a point dit que le Démon foit relegué en Enfer. Les Démons font où Dieu veut qu'ils fe trouvent.*

doute

doûte de quelque article de foi. Si (b)
ce Lion rugiſſant étoit hors du monde,
quelle connoiſſance pourroit-il avoir de nos
paſſions ?

Comme il eſt de foi de croire que nos
Anges-Gardiens nous inſpirent de bons ſentimens, on doit croire auſſi que les Démons nous en inſpirent de mauvais. Ces
inſpirations ſont le langage ordinaire des
eſprits, & ſi nous entendons celui du Diable, pourquoi n'entendra-t-il pas celui de
nos ames. Ce ſont de ces inſpirations (du
Diable) que Saint Pierre nous avertit de
nous garder, lorſqu'il tourne au tour de
nous. C'eſt contre ſon approche que l'E-
gliſe nous donne des armes pour nous deffendre de ſes attaques, & les repouſſer,
ut diſcedat omnis iniquitia Diabolicæ fraudis;
ce qui eſt conforme à ce que dit S. Paul
aux Theſſaloniciens ch. 2. verſ. 9. Ce
Grand Apôtre nous avertit que l'Antechrit,
ou le fils de perdition, viendra par l'operation de Satan, *in omni ſeductione.* Saint
Mathieu aſſure que les Elus auront peine

(a) *L'Auteur de la Lettre raiſonne toûjours com-*
me ſi le Diable étoit un ſeul & unique individu. Vou-
droit-il, comme le Docteur Van-Dale, n'en admet-
tre qu'un ? cette maniere de s'exprimer lui fait faire
des paralogiſmes & ſophiſmes continuels.

R

à s'en deffendre. Si donc Satan opere des merveilles féduifantes en ce monde, il n'en eſt point chaſſé, & ſi on diſoit que ces merveilles ne s'accompliront que lorſque Dieu le permettra, pourquoi ne peut-il pas aujourd'hui & tous les jours permettre la même choſe?

L'Auteur flatte agréablement les Médecins de Paris, mais dans les éloges qu'il paroît leur donner, il eſt aiſé d'apercevoir que ſes vûës tendent toûjours au même but, qui eſt de faire briller ſon ſçavoir, & de s'applaudir lorſqu'il trouve quelqu'un qui accorde en quelque façon ſes ſentimens aux ſiens. ,, Ces habiles gens (dit-il) dont ,, le mérite eſt connu dans une bonne par- ,, tie de l'Europe, n'ont rien voulu hazar- ,, der: ils ont fait triage: de quarante arti- ,, cles, ils en rebutent trente-fix, & ſta- ,, tuënt uniquement ſur quatre, où les faits ,, énoncés ſurpaſſent les forces de la natu- ,, re, & ne peuvent être expliqués par au- ,, cun principe de Phyſique. Exam. pag. 11. Il a été plus loin que *ces habiles gens*, il a expliqué ce qu'ils n'ont pû faire.

Pour préparer auparavant ſon Lecteur à croire, que tout ce qui eſt ſurprenant, n'eſt pas moins naturel, il compare les Demoiſelles de L. *** à des perſonnes de Théâtre. Il leur fait joüer (a) un rôle des plus ridicules, & contraire à leur éducation, & à la foiblesse de leur sexe & de leur âge. Ici la Mere de ces Demoiselles joüe le personnage d'une femme entêtée de son Curé: qui ne trouve rien de bien fait dans son ménage, que ce que son Pasteur ordonne, il insinuë contre ce Prêtre, des faussetés qu'il a lui seul controuvées à plaisir, sa Bibliotheque, selon lui, est d'un goût tout nouveau, il pousse les choses au point de persuader que cet homme, singulier dans la pratique de ses dévotions, a bouleversé la tête de ces Demoiselles par les méditations continuelles qu'il a inspirées à la Mere, & que cette Dame a suggerées frequemment à ses Filles. Dieu seul est le scrutateur des cœurs. Croit-il, ce Censeur outré, être en droit de glôser sur la conduite d'une famille honorable, & (b) d'un Prêtre qui ne lui déplaît peut-être, que parce qu'il a donné un tems à la pieté, que beaucoup

_____

(a) *Elles ont joüé ce rôle sans la participation du Réfutateur qui ne les connoît que par la triste réputation qu'elles se sont faite.*

(b) *L'Auteur de la Lettre voudroit faire soupçonner le Réfutateur de la plus basse jalousie, & cela sans aucun fondement. Ignore-t-il donc que l'on envie que ce qui paroît estimable?*

R 2

d'autres perdent à des amuſemens frivoles, J'en parle ainſi, car ſi ſa conduite a été blâmée par ſon Evêque; ce digne Prélat, dont la prudence eſt connuë, a eû, ſans doute, des raiſons dans leſquelles un particulier ne doit point entrer.

   » Que font, dit-il (d'un ton qui ſent »le triomphe) les Poſſedées, qui ſoit au »deſſus des ſauteurs, des buveurs d'eau, » des mangeurs de feu, de ceux qui ſe font » caſſer des barres de fer ſur l'eſtomac, qui » s'enfoncent dans le nez des cloux de ſix » ou ſept pouces de longueur, qui rom »pent des cordes conſiderables, & cent » autres preſtigiateurs qui amuſent le Pu »blic curieux de ces ſortes de ſpectacles? » ſeroit-on aujourd'hui reçû à dire qu'il y » a de la magie dans ces tours de ſouplef » ſe, auſquels le corps & la main ſont for » més de bonne heure?

   Vous avez pû remarqner que l'Auteur de l'Examen convient en ſon Avert. pag. 7. que ces ſoupleſſes differentes, ne s'a quierent que par le ſecours d'un frequent exercice & d'une longue habitude; il ſup poſe donc, que ces Demoiſelles, de dix à douze ans (dit-on) auroient commencé à s'é xercer à [a] quarante ſortes de ſoupleſſes

   (a) *En quel endroit le Réfutateur a-t-il dit que*

dès leur plus tendre jeuneſſe , & ſi ſécret-
tement , qu'aucun de leurs Domeſtiques
n'en pûſſent avoir de connoiſſance : & dans
un autre endroit il aſſûre qu'elles paſſoient
la pluſpart du tems dans leur Egliſe. Qu'il
ſe concilie lui-même , & qu'il avoüe plûtôt que mal informé, il a crû ces jeunes
Filles plus verſées dans l'art de feindre , &
plus verſées dans ces honteux exercices, ſur
tout pour perſonnes de leur ſexe & de leur
qualité,qu'elles ne le ſont ; car enfin dans
quelles vûës, par quels motifs ſe ſeroient-
elles oubliées, au point d'imiter des gens
la pluſpart perdus d'honneur & vagabonds.
Formées qu'elles ont été de jeune âge à la
vertu , ſe ſont-elles toutes, à l'envi l'une
de l'autre,écartées ſi facilement de ſes voyes.
Non on ne le perſuadera pas. Je ne les cõnois
point , mais je ne les crois point ſi dépour-
vûës de bon ſens : j'admire bien plûtôt les
Jugemens de Dieu , & ne puis m'empêcher
de m'écrier *ô altitudo divitiarum , quàm in-*
comprehenſibilia ſunt judicia tua Domine ! En-
jugez-vous autrement ? je ne puis le croire : vous êtes au reſte plus à portée que

ces Filles s'étoient exercées à quarante ſortes de ſou-
pleſſes ? la mauvaiſe foi de l'Auteur de cette Lettre
ſe montre à chaque page.

moi de fçavoir le fort & le foible de ce qui a occafionné l'Examen de l'Auteur, à qui vous voyez que je ne paffe [a] rien.

Sur le premier des quatre articles que les Médecins de Paris ont jugés furnaturels, & en quoi il prétend qu'ils fe font trompés, voici fon raifonnement. » Cette épreuve » [il s'agit des cōmandemens interieurs faits » au Diable] eft certainement la plus affûrée, » quand elle eft employée comme il faut, il » n'y a point de liaifon naturelle entre une » penfée intime & confervée au fond de » l'âme, & les mouvemens d'un corps étran- » ger qui fe meut au gré d'un defir qui ne » s'eft manifefté par aucun figne, Aver. P. » 5. Je pourrois lui dire qu'il ne fe fouvient plus qu'il a dit ci-devant, que le Diable ne connoiffoit point nos penfées, mais pe- fons la force de fon raifonnement , il con- fifte à dire ,, que dans l'article où l'on a ,, employé que ces Filles obéïffoient pour ,, l'ordinaire aux commandemens interieurs, ,, ces mots *pour l'ordinaire* font affez com- ,, prendre qu'elles fe trompoient , & ne de-

___

(a) *Il y a ici bien de la préfomption, & l'Au- teur de la Lettre paroit beaucoup plus prévenu de lui- même que le Réfutateur. Le Public dit que cet Ecri- vain qui fe vante de ne paffer rien , n'a pas feule- ment effleuré la matiere.*

„vinoient pas toûjours juſte : peut-on rai-
ſonner de la ſorte ? Ces mots ſignifient-ils,
qu'elles ſe trompoient ? ſignifient-ils , qu'elles devinoient ? on s'en eſt ſervi parce qu'apparemment le Diable ne vouloit pas toûjours
répondre à ces commandemens interieurs, &
il ſuffiſoit de le faire pour l'ordinaire , afin
de faire connoître une véritable poſſeſſion.
Il a ſenti la foibleſſe de ſon raiſonnement,
ce qui lui a fait dire ailleurs „ ſi ceux
„ qui ne connoiſſent pas juſqu'où des fem-
„ mes peuvent porter une pénétration ſub-
„ tiliſée par l'exercice , regardent cet art
„ comme chimerique , qu'ils s'en prennent
„ à leur peu d'experience. Ils changeroient
„ bientôt de ſentiment s'ils avoient vû des
„ perſonnes ſourdes entendre ceux qui par-
„ lent devant elles , par la ſeule obſerva-
„ tion du mouvement des lévres, & répon-
„ dre juſte à ce qu'elles n'avoient entendu
„ que des yeux, qui ſupléent alors l'organe de
„ l'oüye. Avert. page 7. Il faut qu'il ſup-
poſe que ces prétendus [a] ſourds ſçuſſent

(a) On ne devient pas toûjours ſourd tout d'un
coup. A meſure que l'organe de l'oüye s'affoiblit , l'attention augmente , & les ſourds regardent ſoigneuſe-
ment ceux qui leur parlent , afin de deviner à demi-
mot. Un ſens ne diminuë point qu'un autre ne vienne
à ſon ſecours.

qu'ils le deviendroient, afin d'obferver, a-
vant que de l'être, quels mouvemens les
lévres font à chaque mot qu'on prononce;
car il s'en trouveroit un nombre infini que
la mémoire ne pourroit pas retenir, puifqu'après qu'on eft devenu muet, on ne
peut plus trouver de liaifon entre les mouvemens des lévres & les mots qu'on prononce. Mais quand cela feroit auffi véritable, qu'il eft inventé à plaifir, peut-on
croire que les perfonnes qui veulent ca-
cher leurs penfées & les commandemens
interieurs, faffent aucun mouvement pour
les indiquer? elles fe contraignent au contraire, & ne veulent rien faire paroître au
dehors qui en puiffe donner connoiffance.
Ce feroit fe tromper foi-même, & agir contre fon deffein. Pour la pénetration fubti-
lifée des femmes, elle ne l'eft apparemment
que dans fon imagination.

Le fecond des quatre faits qui ont été
déclarés furnaturels, eft l'élevation en l'air
de ces Demoifelles : le Cenfeur ne propo-
fe aucun raifonnement contre ce fait, il
fe contente de dire, ,, qu'en cet article
,, on auroit dû marquer fi la perfonne fuf-
,, penduë étoit fans apui fous les pieds,
,, ou fi elle n'étoit point acrochée par quel-
,, que endroit. Exam. pag. 12.

Que penſez-vous de ce raiſonnement, ne vous ſemble-t-il pas bien foible? [a] Si une perſonne avoit un apui ſous les pieds, diroit-on, comme une merveille, qu'elle eſt élevée en l'air, & l'emploiroit-on comme un fait de poſſeſſion? De peur de demeurer court, il ajoûte ,, qu'on n'a point ,, donné la deſcription du puits, des fenê- ,, tres, des corniches, qui par leur ſitua- ,, tion, leurs dimenſions, & leur conſtruc- ,, tion pourroient faire diſparoître tout le ,, merveilleux. Mais à qui fera-t-il croire que la deſcription [b] d'un puits, d'une fenêtre, & d'une corniche, a du rapport à des élevations en l'air, non plus que leurs dimenſions & leurs ſtructures? on ſçait aſſez que ſi la corniche d'une cheminée n'étoit élevée que de deux pieds ou viron, on pourroit ſauter deſſus, encore faudroit-il qu'elle eût une largeur ſuffiſante pour s'y pouvoir ſoûtenir. La conſtruction & ſitua-

---

(a) *Ceux du bon-homme font pitié. Quel raiſonnement veut-il qu'on faſſe contre un fait chimerique qui n'a aucune réalité? Pour établir un tel prodige il falloit d'autres circonſtances & d'autres témoins que ceux qui ſont allegués.*

(b) *Que les Poſſeſſionniſtes établiſſent bien l'élevation en l'air ſans aucun point d'apui ni en haut ni en bas, on ne leur demandera aucune deſcription.*

tion d'une fenêtre n'empêcheroit point de voir , fi une perſonne eſt élevée en l'air pour paſſer au travers. J'en dis autant d'un puits. Il paſſe outre , & dit ,, que les cir- ,, conſtances du jour & de la nuit n'y ſont ,, point exprimées, excepté dans un de ces cas, ,, & que dans trois de ces faits , on ne ci- ,,te pour témoins que des Domeſtiques, ,,dont on n'exprime ni le nombre, ni l'â- ,,ge ni le ſexe Ex. des art. p. 11.

On peut , ce me ſemble , lui répondre, que l'on a eû plus de ſoin de ces Demoi- ſelles qu'il ne le penſe : on ne les auroit pas laiſſées dans un tems où tout inſpiroit de la frayeur , ſans lumiere , ni Domeſti- ques , & autres perſonnes de poids. Quant au nombre des témoins , ne ſçait-il pas que [a] *in ore duorum vel trium ſtat omne verbum.* Math. 18. v. 16. Ses doutes s'étendent ſur tout ce qui ne revient pas à ſon ſyſtême. Ce ſont ſelon lui des gens de concert a- vec ces Demoiſelles qui ont joüé cette Co- medie : tout étoit étudié , elles avoient eû grand ſoin de couvrir leurs actions d'un voile bien épais. A l'en croire les bandelet- tes ne ſe trouvoient lâches , que parce

_____

(a) *En matiere de prodiges on peze encore plus les témoignages qu'on ne les compte.*

qu'on les lioit dans le tems qu'elles étoient
enflées. Elles ne paroiſſoient lourdes &
peſantes lors qu'on vouloit les lever de terre, que parce que ,, ſuivant les loix de la
,, ſtatique une poſition horiſontale, où la
,, tête & les pieds font effort ſur le plan
,, où ils ſont poſés, augmente le poids d'un
,, corps. Qui ne ſçait, [a] que ſelon les
loix de la ſtatique un bâton eſt plus peſant en ne le prenant que par un de ſes
bouts, & le levant horiſontalement, à pro-
portion de ſa longueur, mais c'eſt parce
qu'il n'eſt pas pliant comme le corps humain, qu'on ne pourroit le lever horiſontalement le prenant par la tête ou par les
pieds; je ne crois pas qu'on ſe ſoit aviſé
de lever ainſi le corps d'une perſonne qui
n'eſt pas plus peſant lorſque la tête & les
pieds font effort ſur le plan, que lorſqu'on
ne s'y appuye point, prenant ce corps par
le milieu, comme il ſe pratique toûjours.

Il s'eſt étendu bien au long au ſujet de
la réponſe des douze Docteurs (b) il qua-

(a) On voit ici un homme qui ignore juſqu'aux
élemens de la Phyſique. C'eſt pour lui un pays abſolument inconnu.

(b) On ne ſçauroit les deffendre plus mal que fait
l'Auteur de la Lettre. Au reſte ces Docteurs n'accorderent leur réponſe que par un motif de complaiſance.

lifie ces Meſſieurs de Docteurs peu connus, que lors qu'ils ont déclaré la Poſſeſſion des Demoiſelles de L. *** réelle & effective, ils ont eû tort d'ajoûter *qu'on ne doit pas ſe contenter de faire des Exorciſmes, mais on doit auſſi eû égard aux diſpoſitions des perſonnes les faire approcher ſouvent des Sacremens de pénitence & d'Euchariſtie, conformément à la pratique ancienne de l'Egliſe, qui accordoit à ceux que le Démon affligeoit, la participation aux Sacrés Myſteres.* Il fait part enſuite au Public de ſes réflexions en ces termes. ,, Que prétendent ces Docteurs par cette ,, concluſion qui termine leur réponſe . . . ,, ne ſçait-on pas ſans conſulter la Sorbon- ,, ne, que dans d'heureux momens où un ,, énergumene eſt rendu à lui-même, il peut ,, & doit s'empreſſer de ſe munir de tous ,, les ſecours que l'Egliſe offre contre l'en- ,, nemi irreconciliable des hommes ; c'eſt ,, là effectivement la pratique de l'Egliſe, ,, & la doctrine qu'elle enſeigne dans ſes ,, Rituels, mais les Sorboniſtes ont-ils deſ- ,, ſein de juſtifier la conduite étonnante, ,, ſcandaleuſe & irreguliere qu'on a tenuë ,, à l'égard des Filles de Landes ? Aprou- ,, vent-ils qu'on les ait fait Communier au

Si leur conſultation eût reſſemblé à celle des Méde-cins, on n'auroit pas penſé à en relever aucune ſyllabe.

,, milieu de leus accès & de leurs contorfions.

Il reconnoît, ce profond Théologien,
qu'un Energumene doit fe munir des fecours que l'Eglife lui donne contre l'ennemi irreconciliable des hommes. N'eft-ce
pas reconnoître qu'il eft des poffeffions,
parmi les Chrétiens. N'eft-ce pas reconnoître que cet ennemi du genre humain n'eft
point *enchaîné hors de ce monde* (a) puifque
l'Eglife nous offre des armes pour le combattre? qu'il defavoüe ce qu'il a avancé a-
vec tant de préfomption. Au refte il eft bat-
tu par fes propres Armes, lorfqu'il cite le
Concile d'Orange tenu l'an 440. qui déclare que les *Energumenes qui ont reçû le*
Baptême, s'ils ont foin de fe purifier de leurs
fautes, s'ils fe mettent fous la conduite des
Prêtres, & qu'ils foient dociles à leurs avis,
peuvent Communier fans difficulté, afin de
trouver dans le Sacrement d'Euchariftie des fe-
cours contre les attaques du Démon qui les af-
flige. Ce Concile établit, à n'en pas douter, la réalité des Poffeffions, & en le ci-
tant il détruit fon propre ouvrage, *mentita*
eft iniquitas fibi.

(a) *La falfification des paroles du Réfutateur con-*
tinuë toûjours. En tout tems il eft honteux de mentir :
à 80. ans c'eft quelque chofe de monftrueux.

Si j'avois entrepris de justifier ceux qu'il
a maltraités impitoyablement dans son Examen, je n'aurois pas eû bien de la peine à
le faire, mais je ne prétends point me rendre leur Apologiste. J'avoüe qu'après avoir
lû cet Ouvrage si fameux, je me suis informé à plusieurs personnes de probité, qui
m'ont prouvé le contraire de ses imposture-
res. Il a fait briller sa plume aux dépens
d'honnêtes gens à qui il fait joüer differens
rolles peu convenables à leur âge & à leur
Caractere ; il les fait parler à son gré, il
arrange lui-même leurs discours, & mesu-
re les termes comme il lui plaît, pour les
faire passer „ pour gens qui ont pris une
„ fausse lueur pour la véritable lumiere, &
„ qui auroient bien de la peine à rendre bon
„ compte de leurs jugemens. La plusspart de
ceux qui ont lû sa Réfutation n'ont, je
crois, fixé leur attention qu'aux traits malins qui y sont prodigués, & placés à dessein d'enrichir son Ouvrage aux dépens même de la verité. Il invente de pures fables
qu'il sçait orner, pour leur donner quelque vrai-semblance. Ces faussetés manifes-
tes lui ont enlevé une partie des suffrages
qu'il pouvoit esperer de son travail. Est-il
bien sûr que les cuilliers & fourchettes du
Curé de Neuilly soient provenuës de la li-

beralité de M. de L. *** En pourroit-il
donner des preuves ?

Ne se trompe-t-il point, quand il avance
d'un ton décisif, que le Sieur Froger & sa
femme avoient été au service de Mr. de
L. ***. On m'a assuré que le Sr. Froger est
en état de prouver le contraire, & que sa
Famille a toûjours vêcu d'une maniere honorable & sans reproche. Il n'a pas assez pe-
sé tous les faits qu'il avance inconsideré-
ment.

Il n'est pas plus juste lors qu'il fait flairer l'odeur suave qui s'exhaloit du Tombeau
d'Abraham Walfride, au Sr. de V. **. qui
pour lors étoit à Roüen. Qu'importe faux ou
vrai pourvû que l'assaisonnement y soit, cela
suffit. (a) Les Eudistes qui, avant que cet
homme Satirique eût pensé à les diffamer,
ont signalé leur science, tant à annoncer
la parole de Dieu, qu'à combattre l'erreur,
qui de nos jours ont admiré, comme nous,
dans leur Confrere Mr. le Févre, mort Do-
yen de Théologie de l'Université de Caën,
toute l'érudition & la profondeur possible,
ces Prêtres enfin qui par leurs exemples &

(a) Telle est la manie de presque toutes les Communautés. Pour un ou deux Particuliers tout le Corps se croit lezé
& prend feu. Le Réfutateur n'a rien dit d'injurieux des Eudistes. Il se fait un devoir rigoureux & inviolable de respecter le vrai mérite par-tout où il se trouve.

la pureté de leur Doctrine, inspirét à ceux qui embrassent l'Etat Ecclesiastique, la grandeur & sainteté du Sacerdoce, n'ont pas échapé à ses traits. Ce critique outré s'est sur-tout attaché à peindre avec des couleurs noires, (a) & à tourner en ridicule Mr. de Creully; mais la réputation de ce zêlé Missionnaire n'en souffrira pas pour cela. Uniquement occupé du soin de son salut & de celui de ses freres, il ne pense comme moi qu'à finir sa carriere Chrétiennement: son âge & le mien ne promettant pas de longs jours. Ainsi méprisons, comme nous le devons, les fades plaisanteries de gens de pareille trempe. Je m'acquite comme vous voyez de l'obligation que vous m'avez imposée de vous faire part de mes remarques. Si elles ne sont pas d'un grand poids, du moins j'aurai la satisfaction de vous avoir dit mon sentiment sur une pareille matiere, & de vous avoir donné une réponse à ce Mémoire dont vous faites tant de cas. Puissiez-vous par mes foibles raisons, revenir de votre prévention. Je suis, très-sincérement, Monsieur, &c.

A R. le 1. Septembre 1738.

(a) Cela est calomnieux. On n'a touché ni à la réputation, ni aux mœurs de M. de Creully. C'est un Prêtre estimable par plusieurs endroits ; mais dans l'affaire de Landes il a fait un personnage grotesque. Quel crime de s'en être aperçû? quel attentat de l'avoir fait remarquer?

TABLE

DES MATIERES CONTENUES

DANS CE RECUEIL.

S

274

FIN.

Fautes d'impression.

Page 4. *ligne* 16. *lisez* ils ont été.
Page 40. *lig.* 18. *l.* aux.
Page 53. *lig.* 21. *l.* M. l'Archevêque.
Page 58. *lig.* 19. *l.* l'exorcisme.
Page 73. *lig.* 3. *l.* les.
Page 159. *lig.* 2. *l.* prouvé.

www.ingramcontent.com/pod-product-compliance
Lightning Source LLC
Chambersburg PA
CBHW071904020726
47502CB00003B/886